Désordre

Roberto DEMURTAS

Désordre

Nouvelles

FSC

www.fsc.org

MIXTE

Papier issu
de sources
responsables
Paper from
responsible sources

FSC® C105338

Édition: BoD–Books on Demand, info@bod.fr
Impression : BoD – Books on Demand, In de Tarpen 42,
Norderstedt (Allemagne)

Impression à la demande

Illustration : Matéo Demurtas

ISBN: 978-2-3224-5674-1
Dépôt légal : Décembre 2022

Le Klaxon

Une Forêt dans la nuit. Une route qui traverse cette forêt en ligne droite. De très grands arbres bordent la chaussée de chaque côté. Une voiture file à vive allure. Au volant, un homme appuie sur le klaxon par intermittence et rompt le profond silence que pénètre cette route déserte, aussi loin que portent les projecteurs de l'auto.

C'est une drôle d'habitude qu'a prise mon père lorsqu'il traverse cette forêt. Cela se passe sur la route qui nous ramène à la maison, chaque dimanche, après un week-end au bord de la mer. À maman qui s'irrite chaque fois de ce fait, il explique, sans se lasser, qu'il est prudent de prévenir ainsi l'irruption sur la route d'un sanglier. Percuter un sanglier à pleine vitesse ça ne pardonne pas.

Lorsqu'elle lui rappelle que depuis le temps que nous empruntons cette route, jamais nous n'avons vu le moindre sanglier, il répond invariablement qu'il vaut mieux prévenir que guérir. Alors, elle se moque de lui. Car encore faudrait-il que les sangliers aient quelques notions du code de la route. Sont-ils au courant de la signification d'un coup de Klaxon ? La peur ne va-t-elle pas les inciter à traverser la voie à toute vitesse, provoquant l'accident que l'on voulait éviter ?

À chaque retour de week-end, j'ai droit à ce dialogue aigre-doux entre papa et maman. J'écoute les arguments de l'un et de l'autre sans dire un mot. Personne ne me demande mon avis, comme d'habitude. Pourtant, j'ai mon idée sur la question. Si cette forêt est peuplée de nombreux sangliers et autres animaux noctambules, peut-être serait-il préférable de ne pas nous faire remarquer à cette heure tardive. Je serais même partisan de rouler tous feux éteints pour ne pas provoquer la colère des bêtes tapies dans l'obscurité.

Assis à l'arrière de la voiture, je me penche sur le côté, entre les appuis-tête des sièges avant, pour fixer la longue ligne droite qu'éclairent les phares. Je suis comme hypnotisé par cette route vide. Je guette l'apparition de cet animal redoutable qui nous barrera le chemin. À mes côtés, mon grand frère ne partage pas mon inquiétude. C'est normal, il n'entend pas les coups d'avertisseur ni les commentaires de papa et maman. Pour son dixième anniversaire, il a reçu en cadeau un walkman. Il garde en permanence les écouteurs collés sur ses oreilles chaque fois que nous prenons la voiture. Moi, je suis trop petit encore pour pouvoir m'isoler ainsi du reste du monde. Je fixe l'extrémité des faisceaux lumineux dans l'attente de la catastrophe imminente.

Chaque dimanche soir se joue la même scène à l'intérieur de notre voiture. Depuis que mes parents ont acheté cette maison au bord de la mer. Les premiers temps, j'étais encore petit et je m'amusais d'entendre papa klaxonner sur une route vide en direction de voitures invisibles. J'avais l'impression qu'il rejouait chaque fois le même sketch dans le seul but de nous faire rire.

Un jour, ce jeu a cessé de m'amuser. L'inquiétude a commencé à me gagner lorsque nous nous engagions sur cette voie à la nuit tombée. Papa ne s'est pas aperçu du changement de mon attitude. Il continuait à jouer du klaxon alors qu'il avait perdu son public : les oreilles de mon frère étaient désormais obstruées par son casque, ma voix nouée par une sourde angoisse.

Non seulement son show ne faisait plus rire personne, mais papa s'attirait maintenant des critiques virulentes et répétées de la part de maman. Le désintérêt soudain de mon frère pour ce jeu qui nous avait tant amusés, et son dénigrement désormais systématique par maman me laissaient désemparé devant l'attitude à tenir. Devais-je en rire alors que cela n'amusait plus mon frère, ou m'en inquiéter comme maman ? Le fait est que dès lors, je ne scrutais plus la route dans l'espoir de distinguer une de ces voitures invisibles, mais dans la crainte de voir surgir devant nous un animal fantastique.

J'étais suffisamment grand pour ne plus croire aux voitures invisibles, mais pas encore assez pour me convaincre qu'aucun animal étrange n'était tapi dans l'épaisseur de cette forêt. Mon esprit imaginatif et ensommeillé, après une journée passée à me dépenser sur la plage, se livrait aux fabulations les plus inquiétantes. Parmi les rares voitures qui nous croisaient ou nous doublaient à cette heure-là, je constatais qu'aucun conducteur ne lançait d'avertissements sonores comme papa. Je n'imaginais pas que si notre voiture se taisait à l'approche d'un autre véhicule, celui-ci pouvait en faire de même pour ne pas nous alerter inutilement. Donc, pour moi, nous étions les seuls ainsi à nous faire remarquer, chaque dimanche soir à la même heure. Si bien que les bêtes pouvaient ainsi facilement nous reconnaître, nous localiser sur cette longue route et peut-être préparer quelques traquenards pour nous neutraliser et mettre un terme au dérangement que nous leur causions. J'attendais ce moment avec une angoisse toujours croissante.

Je ne savais quel parti prendre. Après avoir été longtemps tiraillé entre les positions opposées de mes parents, je me rangeais bientôt du côté de ma mère. Car elle me fournit la réponse à une question que je n'avais jamais eu l'idée de poser : « Maman, c'est quoi un sanglier ? » Le prestige de mon père tomba au plus bas ce jour-là. Dire qu'il avait peur d'un pauvre cochon sauvage qui ne se nourrit que de glands ! Je ne pouvais y croire. D'ailleurs, je n'y crus pas longtemps. L'explication de ma mère était peu vraisemblable. J'étais un enfant, certes, mais j'avais désormais l'intuition que mon père nous cachait la nature réelle du danger en le nommant « sanglier » pour ne pas nous effrayer. Un danger d'autant plus inquiétant qu'il éprouvait le besoin de le dissimuler même à maman.

Papa n'était pas particulièrement trouillard. C'est lui qui se levait pour faire cesser mes appels désespérés et m'accompagner en ronchonnant par ce long couloir qui sépare ma chambre des toilettes. Las d'être dérangé dans son sommeil, il m'avait un jour fait le cadeau d'une lampe de poche. Mais il me fallus beaucoup de courage pour me décider à parcourir seul ce couloir éclairé par le maigre faisceau lumineux de ma lampe. Et je me souvins de la terreur qui s'empara de moi, une nuit, au beau milieu du couloir, lorsque brusquement l'ampoule de ma lampe s'éteignit. Je criais, j'appelais, j'ébranlais la maison jusqu'à ce qu'on vienne me sortir de là.

Aussi, le dimanche suivant, je fus gagné par l'angoisse lorsque notre voiture s'engagea dans cette longue ligne droite. Qu'arriverait-il si les phares venaient à s'éteindre en plein cœur de cette sombre forêt ? Papa avait-il songé à emporter des piles de rechange ? Je n'ai pas compris la réponse que ce dernier eut le plus grand mal à formuler, secoué qu'il était pas un fou rire convulsif. Mais ma question eue pour effet de détendre l'atmosphère. Tandis que mon grand frère, les oreilles obstruées par sa musique, regardait avec des grands yeux incrédules nos parents se tordre sur leur siège.

Leur réaction ne contribua pas à me rassurer. J'avais l'habitude que l'on tourne mes peurs en dérision : « Non, les loups ne vivent pas dans les villes, les fantômes ne hantent que les châteaux… » Mais cela ne contribuait pas à calmer mes frayeurs.

Quoi qu'il en soit, ce soir-là, par un mécanisme d'association de mon esprit tourmenté, se déclencha chez moi une soudaine et impérieuse envie de faire pipi. Je n'en fis part à personne. La seule idée de nous arrêter au beau milieu de cette forêt me terrifiait. M'éloigner de la route pour uriner contre un arbre à la lisière des ténèbres aurait été au-dessus de mes forces. Aussi, j'endurais en silence la douleur que me causait ma vessie jusqu'à notre arrivée à la maison.

Pour l'anniversaire de ses 16 ans, mon frère se vit offrir ce dont il rêvait depuis 2 ou 3 ans déjà, mais que la loi lui interdisait d'enfourcher jusqu'à cette date : un vélomoteur. La même année, j'atteignais l'âge où il est raisonnable de coiffer un baladeur. Tout à son bonheur comblé, mon frère ne vit aucun inconvénient à me céder le sien. Ceci, sur les conseils de mes parents, soucieux de faire des économies après le sacrifice financier qu'ils venaient de lui concéder.

Mon frère s'était lassé de ces sorties en famille au bord de la mer. Mais il manifesta bientôt un regain d'intérêt pour ces plages où les filles de son âge se retrouvaient désormais pour prendre des couleurs. Poussant l'avantage pour concrétiser son émancipation, mon frère obtint la permission de se rendre à la mer au guidon de son engin. Après quelques allers et retours probants où il respecta à la lettre les règles de prudence et l'heure de retour fixées par notre père, j'osais à mon tour demander la permission de l'accompagner sur son porte-bagage.

S'il rechigna dans les premiers temps à s'encombrer du marmot que j'étais, il comprit bien vite le bénéfice qu'il pouvait tirer à se coltiner un complice corruptible à peu de frais. Ainsi, un simple cornet de glace suffit à me faire oublier que mon frère, à l'approche de la plage, avait osé retirer son casque en dépit des recommandations de papa. Et il ne me promit pas davantage pour que je corrobore le motif farfelu inventé pour expliquer notre retour tardif ce soir-là.

J'étais de toute façon prêt à tout accepter à condition qu'il nous ramène au plus vite. Car la nuit commençait à tomber. Je ne me préoccupais pas plus de cette fille que de la colère de mon père, contre laquelle mon frère ferait de toute façon bouclier. Ce qui m'inquiétait au plus haut point était l'idée de traverser la forêt en pleine nuit. Certes, ce n'était pas la première fois. Mais d'ordinaire, je le faisais à l'abri de la carapace métallique de notre auto. Jamais à l'arrière d'un vélomoteur de basse cylindrée équipé d'un unique phare de faible portée.

Une fois que nous eûmes pénétré dans la forêt, mon frère mesura l'angoisse qui m'étreignait à la force avec laquelle je lui enserrais la taille. Pour me distraire de mes craintes et me rassurer, il ne trouva pas meilleure idée que de rejouer le sketch de papa. Celui qui nous faisait tant rire lorsque ce grand dadais n'avait pas l'âge de porter des écouteurs sur les oreilles. Mais à son grand désespoir, il eut beau appuyer frénétiquement sur le bouton de l'avertisseur, je ne desserrai pas davantage les dents que mon étreinte. Jamais je ne m'étais senti aussi vulnérable. J'étais sans défense et impuissant à l'arrière de cette frêle bécane lancée à faible allure sur cette interminable ligne droite. Ceci dans un concert épouvantable qui mêlait coups de klaxon et pétarades d'un moteur trafiqué. Le tout guidé par un adolescent écervelé qui, ignorant la menace tapie derrière ces arbres, ne mesurait pas le danger qu'il y avait à nous faire remarquer par un tel raffut.

Le plus terrible était que, de ma position, je ne pouvais pas voir la route. Collé contre le dos de mon frère, je regardais défiler cette armée d'arbres alignés, comme au garde-à-vous, prêts à nous encercler au premier mot d'ordre des puissances de la forêt. J'étais terrorisé et en colère contre mon frère. J'aurais voulu le frapper, lui crier des injures. Mais le bruit du moteur aurait couvert ma voix. En rage, je ne pouvais desserrer mon étreinte de celui que je détestais au plus haut point ce soir-là.

Je regrettais de l'avoir accompagné à la mer. Je me faisais la promesse de ne jamais plus monter sur son vélomoteur. Derrière son dos, je nous revoyais dans le couloir de la maison, cette nuit où j'étrennais ma lampe de poche. J'avais dû le supplier durant de longues minutes, tordu de douleur, avant qu'il n'accepte de descendre de son lit superposé au mien. De mauvaises grâces, il m'avait accompagné jusqu'aux toilettes, grognant et pestant à la porte des WC. En retournant à notre chambre, malgré mes suppliques, il continuait à me traiter de poule mouillée. Je l'aurais frappé pour qu'il se taise si je n'avais pas eu peur que sa colère ne fasse sortir mon père de son lit.

À l'arrière de son vélomoteur, j'étais dans l'impossibilité de lui faire comprendre qu'il devait cesser de s'acharner sur le bouton de son klaxon. Il m'aurait encore traité de poule mouillée. Je n'avais pas mon mot à dire. Pas plus qu'à l'arrière de la voiture de nos parents où j'aurais voulu que mon père cesse de klaxonner, que ma mère se taise et que mon frère baisse le volume d'une musique qui débordait de ses écouteurs. Tant de bruit au cœur de cette étendue silencieuse ! Étais-je le seul à éprouver le besoin d'être à l'écoute de cette forêt ? J'étais condamné à me taire, à fermer les yeux et à me boucher les oreilles.

Comme promis, je ne remis plus les fesses sur le vélomoteur de mon frère. D'ailleurs, une jeune fille prit rapidement ma place. Ensemble, ils taillaient désormais la route à plein gaz dans un vacarme assourdissant depuis que mon frère avait fait des trous dans le pot d'échappement. Si bien que sa petite amie devait hurler contre son oreille pour l'enjoindre de ralentir à l'approche de la maison de ses parents. Ceux-ci, au demeurant, éprouvaient les plus grandes réserves à l'égard de ce garçon qui n'avait même pas la politesse de retirer ses écouteurs lorsqu'ils le saluaient.

Je retournais à l'arrière de notre voiture, muni du vieux baladeur que m'avait cédé mon frère. Ceci pour ne plus entendre les querelles qui maintenant opposaient systématiquement mes parents. Les éclats de voix étaient fréquents. Les coups de klaxon qui en avaient été la cause en étaient devenus le prétexte, tant leur relation s'était dégradée.

Ma mère insista pour que dorénavant nous rentrâmes plus tôt de nos sorties à la plage, invoquant la baisse de l'acuité visuelle de mon père la nuit. Je l'appuyai en ce sens, prétextant quant à moi la fatigue ou mes devoirs à terminer. En réalité, je préférais faire la route de la forêt à la lumière du jour pour ne plus avoir à supporter la scène du klaxon.

Têtu, mon père refusa longtemps d'admettre les effets insidieux de l'âge. Mais un soir, par un brusque coup de volant, il tenta d'éviter une branche d'arbre qu'il avait pris pour un serpent. Alors, ma mère s'en donna à cœur joie. En toute occasion, elle raillait la sénilité grandissante de son mari. N'en avait-elle pas perçu les symptômes avant-coureurs dans cette manie qu'il avait d'appuyer sur l'avertisseur ? Ceci, qui plus est, sur une route en ligne droite désertée par les voitures. Manie d'autant plus inquiétante chez quelqu'un qui espérait prévenir ainsi l'irruption sur la route de serpents. Reptiles inquiétants certes, mais dont personne n'ignore qu'ils sont sourds !

Cette plaisanterie s'invitait désormais à tous les repas de famille. Elle avait pour effet d'irriter mon père au plus haut point. Ne pouvant s'en prendre à l'auteur de cette blague, sans faire montre aux yeux de tous d'un manque d'esprit, il choisit mon frère pour exprimer sa colère rentrée. Il faut dire que celui-ci prêtait le flanc au courroux de papa. Ceci, depuis qu'il avait pris l'habitude de se glisser hors de table, sans un mot, bien avant la fin du repas. Il n'avait pas son pareil pour se faufiler discrètement entre les invités, une pomme à la bouche, afin d'aller rejoindre sa petite amie jusqu'à une heure tardive. Papa voulut confondre le fils désobéissant.

C'est ainsi qu'il prit froid, embusqué dans l'obscurité du jardin, pour avoir guetté durant une bonne partie de la nuit le retour de celui qui, subrepticement, s'était déjà glissé en silence dans son lit.

À partir de cette date, la plaisanterie du serpent ne fit plus rire ma mère. Ayant pris le parti de son ainé, elle appuya avec force la dernière revendication de celui-ci : conduire lui-même la voiture familiale. Pour cela, bien qu'il n'ait pas encore atteint ses dix-huit ans, elle l'inscrivit à des leçons qui l'autorisaient à tenir un volant dans le cadre de la conduite accompagnée. Après maintes disputes entre mes parents, mon père céda face aux arguments perfides de ma mère : « Qu'on le laisse au moins faire ses preuves sur un trajet qu'il connaît bien. »

C'est ainsi que mon frère devint le chauffeur officiel de nos week-ends à la mer. Mais si papa avait cédé sa place, il fit en sorte que ne soient pas inversés les rôles, ni sapée son autorité paternelle. Il prit position à côté de l'apprenti conducteur. Ceci pour lui prodiguer des conseils au regard d'une expérience dont ne pouvait se prévaloir sa femme qui n'avait jamais passé son permis. À l'arrière du véhicule, j'étais le seul à ne pas avoir changé de place. Pas davantage que par le passé, je n'avais mon mot à dire. Aussi, j'appréhendais l'heure du retour et le moment où mon frère s'engagerait à travers la forêt au volant de notre voiture.

La tension était à son comble à l'approche de cette fameuse ligne droite. Un silence pesant régnait dans l'habitacle. Chacun guettait la réaction de l'autre. Les mains crispées sur le volant, les bras rigides, les yeux rivés sur l'extrémité du faisceau lumineux des phares, mon frère était le plus tendu d'entre nous. J'imaginais le dilemme qui le tiraillait à cet instant précis. Il lui fallait faire un choix. Prendre le parti de notre mère, grâce à laquelle il avait aujourd'hui la possibilité de conduire une voiture, ou celui de notre père sans l'agrément duquel il n'aurait pas la possibilité de recommencer. Par leur silence, mes parents semblaient l'enjoindre à prendre seul la décision qu'il était en âge d'assumer. Il lui fallait choisir son camp, s'attirer irrémédiablement et tout à la fois la reconnaissance de l'un et le mépris de l'autre. Ce moment, suspendu en plein cœur de la forêt, avait quelque chose d'irréel. J'étais sans aucun doute le seul à goûter pleinement ce silence dont j'avais toujours été privé au moment d'emprunter cette route.

Quelques secondes de bonheur et de sérénité qui furent interrompues par la plus grande tempête familiale à laquelle il m'ait été donné d'assister avant ce jour. N'écoutant que sa lâcheté, ne songeant qu'à son propre intérêt, il choisit la trahison en donnant piteusement du klaxon pour chasser les fantômes de mon père. Celui-ci répondit aux invectives de ma mère par des mots que je ne l'aurais jamais cru capable de prononcer en ma présence. Plût au ciel que ce soir-là ces deux enragés ne furent pas assis côte à côte. Sans quoi, il est certain qu'ils en sont venus aux mains et que la voiture aurait terminé son trajet contre un arbre. Heureusement, mon frère tel le sournois reptile qu'il était devenu, fit ce soir-là autant preuve de sang-froid que de perfidie. Et je lui suis malgré tout reconnaissant de nous avoir reconduits sains et saufs à bon port.

Avec l'âge, les relations entre mes parents n'avaient guère de chance de s'améliorer. Pour ne rien arranger, leur santé se dégradait également. Mon père s'était vu interdire la conduite d'une voiture. Son médecin avait diagnostiqué une vue défaillante. Il céda les clefs à son fils aîné qui endura à son tour les réprimandes revanchardes que maman réservait jusque-là à son mari. Mais si mon père s'était usé la vue à fixer avec trop d'intensité l'extrémité du rayon des phares, mon frère avait quant à lui considérablement perdu d'acuité auditive. Ceci, du temps où il faisait ce trajet au guidon de son bolide pétaradant, la musique à plein tube dans les oreilles. Si bien que ma mère, pour qu'il l'entende par-delà les bruits cumulés du moteur et du klaxon, lui criait son venin depuis la banquette arrière. Tant et si bien qu'un beau matin elle se réveilla sans voix. Au grand soulagement de tous, il faut bien l'admettre.

Pour l'anniversaire de ses 20 ans, mon frère s'offrit ce dont il rêvait depuis deux ou trois ans déjà, mais que ses économies ne lui avaient pas permis d'acquérir jusqu'à cette date : sa propre automobile. La même année, j'atteignais l'âge où il est autorisé d'apprendre à conduire dans le cadre de la conduite accompagnée. Tout à son bonheur comblé, mon frère ne vit aucun inconvénient à me céder sa place au volant de la voiture familiale. Ceci, sur les conseils de mes parents, soucieux de trouver un chauffeur de remplacement pour leurs sorties dominicales.

Mais je savais que mon frère était surtout soulagé d'échapper à ce qui était devenu pour lui une corvée. Aussi, mon enthousiasme était-il mitigé. J'étais partagé. À la fois impatient de tenir enfin un volant entre mes mains et soucieux du double regard critique auquel j'allais être soumis durant mon apprentissage. Mais c'était la condition pour conduire avant l'âge de 18 ans et me faire financer les cours qui me permettraient bientôt de passer mon permis.

Il semblait de règle dans cette famille de passer par cette épreuve avant de s'affranchir définitivement de l'autorité parentale. Elle avait quelque chose d'un rituel initiatique. Semblable à celui qu'un adolescent doit passer pour devenir un homme dans certaines tribus primitives. Une épreuve du feu au cours de laquelle il faut faire montre de maîtrise et de courage face au danger représenté par un ennemi ou une bête sauvage. Pour moi, le défi se déroulerait le long de cette grande ligne droite tracée au cœur d'une forêt inquiétante. L'adversaire, d'autant plus sournois qu'il est invisible : le sanglier caché, à l'affût, en lisière du bois. Invisible, mais prêt à surgir à tout moment en travers de la route.

Il y avait bien longtemps que je ne croyais plus aux monstres des forêts et autres créatures fantastiques qui avaient accompagné mon enfance. Mes angoisses s'étaient dissipées. Mais je savais que les craintes irraisonnées de mon père n'avaient pas disparu avec l'âge. Ce sont ses peurs à lui qu'il me fallait affronter seul maintenant sur cette route. En réalité, le danger n'était pas embusqué dans la forêt, mais tapi quelque part dans la tête de papa.

Pour la première fois j'avais conduit mes parents au bord de la mer. Ce soir-là, lorsque je m'engageai sur la route du retour, je n'avais qu'une pensée à l'esprit : la traversée de la forêt. J'étais prêt à affronter cette épreuve, résolu à la surmonter. Je ne serais pas aussi lâche que mon frère. J'irais au bout de cette ligne droite sans défaillir, sans céder aux frayeurs de mon père, sans les faire miennes et leur donner le crédit qu'elles n'ont jamais eu. Il ne s'agissait pas de choisir le camp de ma mère contre celui de mon père. Je devais avant tout me démontrer à moi-même que je n'avais pas hérité des angoisses de ce dernier. Que mes chimères d'enfants ne s'étaient pas muées en phobies irraisonnées, bref, que j'étais un homme désormais, ou presque. Quoi qu'il en soit, je savais que mon attitude provoquerait une nouvelle scène de ménage. Mais j'étais prêt à en assumer les conséquences. Toute épreuve est douloureuse. J'étais convaincu d'en sortir grandi, ou tout au moins soulagé.

Comme à l'habitude, la conversation cessa et le silence se fit dans l'habitacle à l'approche du virage qui débouche sur la forêt. Dans une tension palpable, trois paires d'yeux fixaient maintenant l'extrémité des faisceaux lumineux. Je retenais mon souffle. J'attendais les invectives qui n'allaient pas tarder à m'être adressées de la part de celui qui était chargé d'accompagner ma conduite.

J'avais l'impression d'être le protagoniste d'un combat singulier. Au moment où les duellistes se font face en un lieu isolé. Dans le silence paisible d'une clairière qu'une détonation va bientôt briser. Je m'apprêtais à contrevenir à mon père, à l'offenser peut-être en contestant le fondement de sa parole. Certes, au petit matin, on ne relèverait pas davantage le corps de l'offensé que celui de l'offenseur, mais il était à craindre que de cet affrontement ne résultent des blessures.

Lequel de nous deux briserait le premier le silence ? Au risque de faire de la peine à mon père, je ne voulais pas être celui-là. Je voulais seulement traverser la forêt de mon enfance sans que retentisse le bruit détestable de l'avertisseur. Je voulais goûter à la profonde quiétude d'une forêt plongée dans la nuit. Me retrouver pour une fois à l'unisson de la sérénité de ces grands arbres.

J'étais déterminé. À la première injonction de mon père, j'avais décidé de répondre par une poussée sur l'accélérateur. Je comptais amplifier la pression à la moindre insistance de celui-ci. J'étais prêt à foncer sur cette route déserte, au risque d'exacerber l'angoisse de mon copilote devant la menace du choc tant attendu, qui à cette vitesse nous aurait été fatal. Je voulais lui montrer comment il faut être courageux en face de ses peurs. Comment il est possible de les surmonter avec un peu de courage, ainsi que lui-même me l'avait enseigné lorsque enfant, je rechignais à parcourir ce couloir obscur qui séparait ma chambre des toilettes.

Mes mains crispées sur le volant, je retenais ma respiration, prêt à appuyer sur l'accélérateur. Mais les arbres défilaient bien plus vite que les secondes. Il s'écoula une éternité sans que mon père n'ouvre la bouche. Jouait-il avec mes nerfs ? Faisait-il le pari de mon manque de cran ? C'est ce que je crus dans un premier temps, jusqu'à ce que, presque malgré moi, je tourne la tête vers lui. Le temps d'un bref regard, je lus sur son visage une expression de lassitude et de profond accablement. Il semblait comme résigné, fatigué. Au point de ne pas avoir la force d'engager maintenant un bras de fer avec son fils.

Usé peut-être par des années de harcèlement quotidien de la part de ma mère.

De le voir ainsi abattu et triste, lui qui m'avait tant fait rire, lorsque j'étais tout petit, avec sa plaisanterie du klaxon, j'éprouvai soudain un sentiment de culpabilité. Par mon attitude, je me faisais le complice de l'acharnement qu'il avait subi toutes ces années à cause de cette stupide lubie. Je lui avais pris sa place dans notre voiture et lui disputais maintenant son autorité au sein de la famille.

Soudainement, je relâchai mon pied de l'accélérateur et appuyais fermement sur la pédale de frein. Dans un terrible crissement de pneus, la voiture s'immobilisa au bout de plusieurs mètres. Secoués par mon arrêt brutal, mes parents s'alarmèrent de mon écart de conduite. Qu'est-ce qui avait bien pu me prendre pour que j'en vienne à freiner ainsi sur une route où nous avancions seuls ? Je tendis le bras devant moi, le regard rivé au loin, pour leur désigner l'endroit où je leur certifiais avoir vu surgir un sanglier. J'avais mis dans mon affirmation une telle conviction que ma mère n'osa mettre en doute ma parole. Mon père ne contesta pas davantage l'apparition de cet animal que sa faible vue ne lui aurait pas permis de distinguer, s'il avait réellement existé.

Août 2011

Le chien du voisin

J'ai intentionnellement affublé d'un surnom les protagonistes de cette histoire pour les préserver de l'opprobre public dont je dois demeurer le seul objet.

En revenant de la chambre des enfants, je baissais le volume de la chaîne Hi-Fi. Je les avais portés jusqu'à leur lit après les avoir trouvés allongés devant la télévision et leur bol de chips. Vaincus finalement par la fatigue dans leur tentative de veiller jusqu'à l'aube en compagnie des adultes invités à cette soirée. Aussi, je demandais à ceux-ci de parler désormais un peu moins fort, non tant pour préserver le sommeil de mes enfants, profondément endormis, mais par égard pour les occupants de la maison d'à côté où les lumières des chambres s'étaient éteintes depuis longtemps.

Je tenais à garder de bons rapports avec nos voisins. Même si nous les connaissions finalement assez peu. Je crois qu'ils tenaient autant que nous à garder une certaine distance, comme pour prévenir l'extrême proximité de nos deux foyers. Une simple haie sépare nos terrains. Une rangée de sapins plantés par leurs soins les préserve des regards indiscrets lorsqu'ils sont dans leur jardin.

Bien que nos enfants fréquentent la même école que les leurs, nos relations se sont toujours limitées aux circonstances liées à la vie scolaire : sorties de classe, réunions de parents d'élèves et autres fêtes de fin d'année. Mais je crois aussi que lors de ces occasions, nous nous sommes rendus à l'évidence que nous n'avions pas grand-chose en commun. Ils sont très différents de nous. Ces citadins sont venus s'installer ici pour trouver le calme et la nature. Très courtois au demeurant, le père de famille affecte toujours un port hautain lorsque nous nous croisons. Ses enfants, toujours tirés à quatre épingles, n'ont pas le droit de sortir seuls. Ils n'ont pas non plus la permission d'aller jouer près de la rivière où les nôtres passent une bonne partie de leur temps après l'école. Autant dire qu'ils ne jouent jamais ensemble. Et si au printemps nous aimons réunir nos amis dans notre jardin autour d'un barbecue, nos voisins préfèrent jouir en famille de la tranquillité de ce lotissement. C'est pourquoi je prenais toujours grand soin à prévenir mes invités contre le bruit et les éclats de voix qui, l'alcool aidant, accompagnent ces soirées.

Ainsi, ils n'auraient jamais eu à se plaindre de nous si Klaus n'était un jour arrivé à la maison. Ou plutôt dans notre jardin. Et c'est là l'une des raisons du problème : j'estime qu'un berger allemand a besoin d'espace pour courir et se dépenser. Nous ne lui avons jamais permis de rentrer dans notre maison. Ce n'est pas sa place. Il a toujours dormi et mangé dans la niche que je lui ai construite devant notre garage. C'était alors un jeune chiot, vif et curieux, qu'il nous a fallu éduquer.

Notre jardin ne lui suffisant pas, il lui arrivait de franchir la haie pour aller jouer avec le yorkshire des voisins. Incursions que ceux-ci tolérèrent un temps. Jusqu'au jour où ces visites amicales, qu'il effectuait désormais d'un bon au-dessus de la haie, effrayèrent leurs enfants. Le yorkshire n'était plus qu'une boule de poils entre les pattes d'un berger allemand qui avait désormais atteint sa taille adulte. À leur demande, nous fîmes en sorte de lui interdire l'accès au terrain d'à côte en l'attachant chaque fois qu'il désobéissait.

Mais nous ne pouvions le maintenir continuellement lié à sa niche. Et encore moins enfermé dans notre maison la nuit comme nous le conseillèrent les maîtres de ce yorkshire. Un berger allemand n'est pas un toutou de salon. Un de ces plumeaux sur pattes que leurs propriétaires toilettent et peignent chaque matin avant que leurs enfants ne l'affublent d'un ruban noué sur la tête, comme s'il s'agissait d'une vulgaire poupée. Ce n'est pas pour cet usage que nous avions pris un animal. Certes, nous voulions avant tout un chien de garde pour notre maison, mais qui soit aussi un compagnon de jeu pour nos enfants. Et quoi qu'en pensent nos voisins, le berger allemand est un chien intelligent et affectueux, obéissant et docile pour peu qu'on l'éduque avec fermeté, mais sans brutalité. Pour ainsi dire, Klaus fait partie de notre famille. Il a grandi avec nos enfants et c'est toujours montré doux, patient, et même protecteur avec eux. C'est pourquoi je n'admets pas que mon voisin lui ait fait la réputation d'être un chien mal éduqué, imprévisible et dangereux.

Pour préserver nos relations de voisinage, nous avons pris la décision d'installer un grillage en avant de la haie. Assez haut pour empêcher notre chien de se rendre dans le jardin d'à côté. À nos frais, nous avions préservé la paix.

Mais c'était sans compter sur la détermination de Klaus. Un matin, notre voisin nous le ramena à la porte d'entrée de notre propriété, attaché à la laisse du yorkshire. Confus, j'inspectais le grillage à la recherche d'une faille. Mais celui-ci était intact. Je découvris alors que Klaus s'était introduit dans le jardin voisin par un trou qu'il avait creusé sous le grillage. Je ne le pensais pas capable d'un tel exploit. Mais notre chien avait encore gagné en taille et en force, ce qui ne manquait pas d'exaspérer encore davantage nos voisins.

Ils nous mirent en demeure de trouver une solution. Et de toute évidence nous n'en avions que deux : garder notre chien continuellement attaché ou nous en débarrasser. Autant dire que nous n'avions pas le choix. La nuit et en notre absence, c'est au bout d'une corde que Klaus traînait désormais son dépit, de long en large dans notre jardin.

Nous avions évité le conflit. Nous avions concédé des sacrifices pour le bien-être de nos voisins. Mais j'étais quelque peu exaspéré et décidé désormais à ne plus faire de concessions. Car il m'était très pénible de voir notre chien continuellement attaché. Aussi, lorsque nous étions présents dans notre jardin, je libérais Klaus qui, sous notre surveillance, pouvait alors s'ébattre autour de la maison.

Mais ce soir-là, accaparé par nos invités et quelque peu étourdi par l'alcool, j'avais perdu de vue notre chien. La nuit était tombée sans que je ne m'inquiète de lui. J'avais oublié de l'attacher.

Nous étions tous réunis autour du barbecue, discutant à voix basse lorsque je vis arriver vers nous à la lueur de la pleine lune notre chien. Il trottinait fièrement, remuant la queue, tout en tenant dans sa mâchoire ce que je ne parvins à identifier que lorsqu'il le posa à mes pieds : une balle molle et sale, recouverte de poils et de terre, une masse inerte et froide : le yorkshire des voisins !

Je n'en croyais pas mes yeux. Comment avait-il pu faire une chose pareille ? Je n'aurais jamais imaginé Klaus capable d'une telle sauvagerie. J'étais comme dans un mauvais rêve. Mais je réalisais instantanément les conséquences de ce qu'avait fait notre chien. Il m'avait une nouvelle fois placé dans le rôle du mauvais voisin. Par mon manque de vigilance, j'avais permis ce drame. Comment expliquer à leurs enfants la mort de ce chien autrement que par ma coupable négligence ? Et comment m'opposer désormais à l'ultime solution qu'il me restait pour préserver leurs enfants du danger que de toute évidence représentait pour eux notre berger allemand ?

Mes amis présents connaissaient les tensions existant entre nos voisins et nous. Ils comprirent tout de suite la situation dans laquelle Klaus venait de me mettre. Comment leur annoncer la chose ? Je ne m'imaginais pas leur rapporter demain à l'aube le cadavre de leur yorkshire. Son maître, après avoir fait en vain le tour de sa propriété viendra naturellement s'enquérir de son chien auprès de nous. Il fallait trouver une solution.

Chacun proposa son idée pour disculper Klaus et le préserver du sort qui lui était désormais réservé. Quelqu'un suggéra de l'enterrer loin d'ici pour que l'on pensât à un vol. Mais je savais leur maison protégée par un système de sécurité très efficace. Un autre proposa de déposer le petit cadavre sur la route, devant la maison des voisins, pour faire croire à ses propriétaires qu'il s'était fait écraser. D'ici l'aube des voitures passeront qui rouleront sur son corps et rendront plausible cette fin tragique. J'objectais que le yorkshire n'avait pas la possibilité de franchir le portail d'entrée de la propriété de ses maîtres. Et comment expliquer l'état de l'animal, entièrement recouvert de terre. Il fallait trouver autre chose. Ce chien ne pouvait être sorti seul de la demeure de ses maîtres. Il était nécessaire de l'y ramener et avant tout de lui redonner un état présentable pour effacer les traces de la lutte avec Klaus. C'est cela : le nettoyer et le remettre dans sa niche, ni vu ni connu. Après tout, ce chien n'était pas si jeune, il pouvait très bien être mort de vieillesse. Et puis il fallait penser aux enfants des voisins qui étaient tant attachés à cet animal. Cette fin aurait été la plus acceptable pour eux.

Il n'y avait plus à tergiverser. Chacun mit la main à la pâte. On transporta le chien jusqu'à la salle de bain. On lui fit couler un bain chaud, puis on le frictionna avec le shampoing des enfants avant de le rincer à grande eau pour retirer tout le sable accumulé entre ses poils. Ceci fait, ma femme le roula dans une serviette de bain afin de bien l'essuyer. Puis, elle se saisit du sèche-cheveux et d'une brosse ronde pour sécher cette boule de poils aussi docile et maniable qu'un postiche de coiffeur.

L'alcool aidant, le ridicule de la situation nous fit bientôt passer de l'accablement à l'hilarité générale. Et c'est secoué d'un fou rire que nous avons entrepris la préparation de la seconde phase de notre plan : ramener ce chien dans sa niche. Je distribuai les rôles, rassemblai le matériel nécessaire. Je traçai sur un bout de papier un plan de la propriété de nos voisins. Un schéma très sommaire en fait, à partir de ce que j'avais pu en apercevoir depuis notre jardin, n'ayant jamais été convié chez eux. Je choisis parmi les volontaires pour m'accompagner dans cette mission les deux hommes qui me parurent les moins imbibés d'alcool. Je confiais une échelle à Jeannot et une longue corde à Dédé, tandis que je me chargeais de transporter notre cadavre toiletté dans un panier d'osier. Surtout, je leur recommandais la plus grande discrétion.

Les effets euphorisants de la boisson diminuant en moi, je prenais lentement conscience de l'absurdité de la situation. J'en venais désormais à peser le pour et le contre. Si cette solution m'avait paru la plus évidente lorsque j'étais légèrement enivré, la réalité matérielle de sa mise en œuvre, maintenant dégrisé, me semblais des plus périlleuse. Je mesurais les risques que nous allions prendre. Dans quelle situation allais-je me retrouver si mon voisin nous surprenait dans son jardin ? Comment nier l'évidence et récuser l'accusation de tentative de cambriolage ? La véritable raison de notre présence ici paraîtrait trop farfelue et grotesque pour qu'elle soit crédible. Sans oublier cette circonstance aggravante : de toute évidence, pour nous introduire chez eux en toute discrétion, nous n'avions pas hésité à empoisonner leur chien, ainsi que procèdent, comme le relatent les faits divers dans les journaux, les cambrioleurs professionnels.

N'était-il pas préférable de renoncer à cette expédition et d'avouer, dès l'aube, la réalité des faits ? Je pensais aux enfants. Là-bas, ils vivraient très mal la mort cruelle de leur petit chien. Ici, les nôtres accepteraient difficilement que nous soyons contraints de nous séparer de notre berger allemand. Non, c'était la meilleure solution. Personne ne saurait ce qui était réellement advenu durant cette nuit. Mes amis et moi nous garderions le secret. Il deviendrait même un sujet de rigolade. Et, à bien y penser, une seule chose était à craindre. À l'occasion d'une prochaine soirée barbecue, ce souvenir risque de déclencher des fous rires qui troubleront sans doute le sommeil de nos chers voisins.

De toute façon, il n'était plus possible de reculer. Il fallait nous débarrasser de ce chien. De ce cadavre encombrant qui, ainsi toiletté et séché, était recouvert d'un poil chaud qui donnait presque l'illusion qu'il était encore vivant.

Il devait être vers les deux heures du matin lorsque a commencé notre expédition. Nous nous sommes dirigés jusqu'à la lisière de mon jardin. Nous avons dressé l'échelle contre le grillage. Tandis que Jeannot la maintenait fermement en place, je grimpais dessus avec la corde enroulée autour de mon épaule. De là-haut, je la jetais à Dédé qui l'attachait à l'anse du panier. Ensuite, je hissais le chien jusqu'à moi, avant de le faire redescendre avec beaucoup de précautions du côté qu'il n'aurait jamais dû quitter. À l'endroit que j'avais choisi pour poser notre échelle se trouvait un chêne qui depuis le terrain voisin étendait l'une de ses branches par-dessus le grillage. Je m'y agrippais puis, à la force de mes jambes, m'y hissais avant de redescendre le long du tronc jusqu'au sol. Suivant mon exemple, Dédé me rejoint au pied de l'arbre. Jeannot avait pour consigne de rester de l'autre côté pour monter la garde.

Je n'avais pas emporté de lampe de poche. Je pensais que la lueur de la pleine lune nous permettrait de discerner dans la nuit les embûches du parcours. Tous semblaient parfaitement endormis dans cette maison.

Comme je l'ai dit, la teneur de mes relations avec nos voisins ne m'avait jamais permis de m'aventurer au-delà du portail d'entrée de la propriété. J'étais donc en terre inconnue. J'ignorais où se trouvait la niche de ce pauvre cabot. Aussi, j'entrepris de faire le tour de la maison par l'arrière, suivi de près par mon compère. J'évitais ainsi de marcher sur les graviers de l'allée. Sur la pelouse parfaitement tondue, nous pouvions évoluer dans le plus grand silence. Cependant, je n'en menais pas large. La fraîcheur de la nuit avait fini de me dégriser. J'avais hâte d'en avoir terminé.

Tout en marchant à pas feutrés, lentement, là où la maison projetait son ombre et nous masquait la lune, je ne quittais pas les fenêtres des yeux. Je guettais la moindre lumière. Dans l'obscurité, mon imagination me fit envisager les épilogues les plus invraisemblables à cette expédition. Dans mes veines s'était dissipé l'alcool qui avait trompé mon sang de navet. J'avais des sueurs froides. Ainsi, je ne pus retenir un cri de terreur lorsque soudain je sentis le vide sous mes pieds. Je trébuchai et me vautrai de tout mon long sur la pelouse. Dédé, aussi peu rassuré, me suivait de si près qu'il me tomba dessus de tout son poids. J'étais terrorisé. Mon cœur battait la chamade. Le nez dans le gazon, je restais immobile et posais une main ferme sur mon acolyte pour l'inciter à en faire autant.

Nous restâmes ainsi de longues minutes, à l'affût du moindre bruit en provenance de la maison. Rien ne se fit entendre. J'attendis encore que mon cœur ait repris un battement normal pour me redresser et soulever ce panier qui m'apparut soudain effroyablement léger. Dans ma chute, le chien en était tombé. Je me mis aussitôt à sa recherche, à quatre pattes, tâtonnant frénétiquement la pelouse autour de nous. C'est ainsi que je découvris le trou où mon pied s'était enfoncé. Je maudis intérieurement mon voisin, coupable de négligence pour avoir laissé ce trou à découvert, lui si soigneux pour ses extérieurs, redoutable exterminateur de taupe et inlassable tondeur de pelouse le dimanche. Mais je dirigeais bientôt ma colère vers son chien qui m'avait échappé et restait maintenant introuvable. Je n'étais pas d'humeur à jouer avec lui. Il n'était que temps qu'il rentre à la niche et qu'il y repose en paix.

J'élargissais mes recherches, aidé par Dédé, qui de se retrouver ainsi à quatre pattes, fût soudain pris d'un fou rire devant le ridicule de notre situation. Sans doute, imaginait-il le récit qu'il ferait à notre retour de cette pitoyable expédition. Je n'étais plus de cette humeur. C'était mon honneur et ma réputation qui étaient en péril. Et plus son hilarité augmentait, plus j'étais angoissé. Nous venions de frôler la catastrophe, j'avais perdu le chien et pas encore trouvé sa niche. J'avais hâte de rentrer chez moi et de les mettre tous dehors.

Tandis qu'il œuvrait à contenir son hilarité, je poursuivais seul les recherches et finis par mettre la main sur cette satanée boule de poils. Je la remettais dans son panier. Debout sur mes deux jambes, je repris seul l'exploration du jardin en faisant bien attention où je mettais les pieds. Je laissais Dédé à ses gloussements convulsifs. Il était devenu plus encombrant qu'autre chose. Je l'enjoignais à rester assis à cet endroit, il me permettrait au moins, à mon retour, de localiser le trou qui avait failli causer notre perte.

C'est de l'autre côté de la maison, près d'une remise où était stocké le bois, que je distinguais enfin quelque chose qui ressemblait à une niche. Une vraie petite maison avec une fenêtre à volets verts et un toit peint en rouge. L'abri idéal pour ce toutou de salon. Mon voisin avait sans doute confectionné de ses mains cette niche des plus kitsch pour cette satanée bestiole. Cette peluche que ses enfants, trop gâtés, devaient manipuler au gré de leurs fantaisies comme un vulgaire jouet. Je me disais qu'ils l'oublieraient bien vite et s'en consoleraient avec un toutou de remplacement au prochain Noël.

Je déposai avec précaution le joujou cassé dans sa niche, prenant soin de le placer dans une position où il semblera dormir et s'être ainsi éteint dans son sommeil, sans avoir souffert.

J'étais plutôt content de moi. Après tout, j'avais pris tous ces risques pour accomplir une bonne action. J'avais rendu à cet animal la dignité dans la mort, épargné aux enfants le traumatisme de connaître la réalité de sa cruelle fin et préservé les relations de voisinage de leurs parents. Plus tard, mes propres enfants devenus grands, seront fiers de leur père. Lorsque je leur raconterai comment, à mes risques et périls, j'ai sauvé notre propre chien de l'abattoir.

Songeur, je demeurais ainsi un instant, un genou à terre. Cette position provoqua un éclat de rire qui me fit bondir de peur. Je n'avais pas entendu s'approcher derrière moi mon complice. Ne me voyant pas revenir, il était allé à ma rencontre. Étais-je en train de me recueillir sur la dépouille de ce cher disparu ? Visiblement, l'alcool continuait à faire effet sur ce pauvre imbécile qui avait oublié mes consignes. Je me relevais, le prenais par le bras pour l'entraîner loin de la maison. Il était temps de rentrer. Je passais par un autre chemin pour éviter le trou. Je retrouvais sans difficulté notre arbre et le troisième larron qui commençait à s'inquiéter. Je lui jetais le panier par-dessus le grillage puis j'aidais Dédé à grimper le premier. Dans l'état où il était, je préférais m'assurer qu'il ne tomba point de l'arbre. Lorsqu'il fut de l'autre côté, je grimpais à mon tour. J'enjambais le grillage pour poser mon pied sur le dernier barreau de l'échelle avant de la descendre à reculons et de sauter à terre avec le soulagement de celui qui s'est évadé de prison.

Bien sûr, de retour dans ma maison, je ne pus empêcher mon joyeux compagnon d'évasion de faire le récit de notre expédition aux autres invités. Et, soulagé d'en avoir terminé, j'avoue que je pris part de bon cœur finalement à cette soirée prolongée.

Ce n'est qu'à quatre heures du matin que je parvins à les mettre dehors, non sans leur avoir fait promettre de ne raconter à personne d'autre les événements de cette nuit. J'allais enfin rejoindre mon épouse qui avait succombé au sommeil depuis longtemps. Nous étions un dimanche, les enfants n'avaient pas école et je me réjouissais par avance de pouvoir faire la grasse matinée jusqu'à une heure avancée. Car je songeais, avec un délicieux cynisme, qu'aujourd'hui notre cher voisin n'aurait pas le cœur à passer la tondeuse à gazon.

J'avais vu juste. C'est un tout autre bruit qui brisa le silence et me tira brusquement de mon sommeil. À demi embrumé dans mes rêves, il me fallut quelques secondes avant de comprendre qu'on tambourinait contre ma porte. Je me levai en hâte, enfilai un peignoir et me dirigeai vers l'entrée. Je jetai un œil par le judas. J'aperçus le visage de mon voisin gonflé par la colère et l'optique déformant de l'œilleton.

Mon cerveau sortit brusquement de son engourdissement pour se mettre à fonctionner à toute vitesse. Les événements de cette nuit me revinrent à l'esprit dans un défilement accéléré. J'épluchais les données, les faits, les gestes, afin de chercher la faille, l'erreur qui aurait pu me trahir. Car je ne pouvais douter une seconde que cette irruption tapageuse ait un lien avec l'expédition de cette nuit. Je me repris de mon mieux pour adopter une attitude naturelle et masquer mon trouble avant d'ouvrir la porte.

À mon « bonjour » innocent, il me répondit par un « bonjour monsieur » sec et froid. Il avait à me parler, maintenant et sans attendre. Feignant la surprise, je l'invitai courtoisement à prendre place dans le salon de jardin pour ne pas déranger ma femme et mes enfants par les éclats de voix d'une discussion que je prédisais houleuse. Je me déplaçais avec le plus grand calme autant pour dissimuler mon trouble que pour me laisser le temps d'échafauder une stratégie de défense.

J'étais dans la situation inconfortable que l'on peut imaginer : je devais anticiper une accusation dont j'ignorais la nature. Quelle erreur avais-je commise ? Qu'allait-il me reprocher ? De m'être introduit chez lui ? D'avoir empoisonné son chien ?

Et pour quoi faire ? Pour le cambrioler ? Mais il avait sûrement déjà constaté que rien ne lui avait été volé. Pour me venger des tracas qu'il nous avait causés au sujet de notre berger allemand ?

Qu'allais-je faire ? Nier et m'offusquer contre des accusations aussi graves ? Et s'il nous avait vu cette nuit traverser son jardin ? Je ne pouvais pourtant pas avouer la vérité de but en blanc. Il n'y avait pas de quoi être fier. S'introduire de nuit chez son voisin pour ramener le cadavre de son toutou tué par son berger allemand !

Il me fallait sauver mon chien et mon honneur. Je décidais donc par avance de nier en bloc. Après tout, j'avais un alibi. Tous mes invités de la veille pourront témoigner que je ne les ai pas quittés de la soirée.

Mais, en approchant du salon de jardin, je découvris le désordre innommable que nous avions laissé derrière nous, remettant à demain le rangement de ce champ de bataille. Je compris que les individus qui avaient consommé une telle quantité de bouteilles de vin et de canettes de bière éparpillées maintenant de toutes parts, ne pouvaient pas être des témoins crédibles pour ma défense. En un flash, je vis la scène d'un procès calquée sur le scénario d'un feuilleton télévisé américain : face aux jurés, l'avocat de l'accusation décrédibilisait un à un les témoins sollicités pour ma défense. Pointant le fait que leur souvenir de la soirée ne pouvait qu'avoir été altéré par leur état d'ébriété.

Mais pour l'heure, je devais assumer seul ma défense. Je pris place sur un des fauteuils du salon de jardin, après avoir renversé sur le sol les bouteilles qui l'encombraient. Ceci afin que ce siège soit digne du tribunal qui allait s'ouvrir à huis clos en ce dimanche matin.

Les scénaristes aiment prolonger le suspense en retardant l'avènement d'un coup de théâtre. Mais mon accusateur ne s'encombra d'aucune mise en scène. Il déposa d'entrée sur la table, sans avoir prononcé le moindre mot, l'objet qu'il avait jusquelà gardé caché derrière son dos. Une corde. La corde. Cette satanée corde… Que ne l'avais-je gardé au lieu de la confier à cet imbécile de Dédé ? Il l'avait sans doute laissée tomber près du trou.

Comme dans une partie d'échecs où l'adversaire sort un coup qui ébranle toute la stratégie que vous aviez échafaudée, il me fallait trouver au plus vite la parade à cette attaque. Je n'avais plus le temps de la réflexion, car mon silence aurait trahi mon trouble. Certes, il avait là la preuve que quelqu'un s'était introduit dans sa propriété cette nuit. Mais il ne pourrait jamais démontrer que cette corde m'appartenait. Aussi, je feignis l'incrédulité et proférais mon premier mensonge, qui en appellerait d'autres et me contraindrait au déni à outrance : « Non, cette corde n'est pas à moi. »

— Je l'ai trouvé ce matin dans mon jardin, me dit-il, en inspectant les lieux après que mes enfants aient découvert notre chien, mort, dans la cabane que je leur avais fabriquée…

Le plus hypocritement du monde, je déplorais cette perte et m'apitoyais sur les enfants pour lesquels cette découverte avait dû être un choc. Tandis qu'à l'intérieur de moi, je fulminais. Comment avais-je pu confondre une niche et une cabane de jeu ? Fallait-il que je sois embrumé au point d'avoir oublié que leur yorkshire de salon dormait d'habitude à l'intérieur de leur maison ! Mais aussitôt, je relativisai : son chien était âgé et ses enfants étaient assez grands pour comprendre qu'un animal de compagnie n'est pas éternel.

— Sans doute, admit-il, mais ce qu'ils ont du mal à comprendre c'est que l'on retrouve leur chien mort dans leur cabane alors que la veille je leur avais assuré qu'il s'était sauvé de la maison et qu'on ne le retrouverait sans doute jamais…

Le chien s'était sauvé ! Voilà ce qui s'était donc passé. Et Klaus l'avait sans doute retrouvé mort au bord de la route, non loin d'ici probablement. Moi qui l'avais accusé de la pire cruauté. Il s'était comporté en bon chien, ainsi que je l'ai éduqué, en me rapportant le corps de son compagnon de jeu. Il était innocent, tiré d'affaire, sauvé. J'étais soulagé. Mais en partie seulement, car je n'en étais pas quitte pour autant. J'anticipai la prochaine question de mon accusateur : comment ce cadavre est-il rentré chez lui ? Alors je me hasardais :

— Il sera rentré durant la nuit, pour mourir chez lui, c'est un phénomène que l'on a déjà observé chez les animaux.

— Ah bon, reprit-il lentement en marquant chaque mot, mais a-t-on déjà vu un chien rentrer chez lui après être sorti de la tombe où on l'avait enterré ?

Mon cerveau reçut un électrochoc.

— Notre chien ne s'est jamais sauvé, ajouta-t-il après un silence, je l'ai enterré avant-hier dans le jardin à l'insu de mes enfants. J'ai inventé cette histoire de fuite pour les consoler de sa perte.

Tout s'éclairait soudain : la mort du chien, son pelage recouvert par la terre de ce trou. Ce trou que Klaus avait creusé pour le déterrer et dans lequel, cette nuit, j'avais malencontreusement mis le pied… N'écoutant que son instinct, il avait recherché, flairé et retrouvé le cadavre de son ancien compagnon de jeu. Comment avais-je pu douter de lui et lui prêter la bêtise et la férocité d'une bête sauvage ?

Quant à moi, j'étais lavé du soupçon de meurtre sur ce pauvre cabot. Mais pesait désormais sur mes épaules un autre chef d'accusation : coupable d'avoir fomenté et accompli, en état d'ébriété qui plus est, une plaisanterie du plus mauvais goût. C'est mon honneur et ma réputation qu'il s'agissait maintenant de sauver. Je ne changeais pas de stratégie : mentir.

Me croyait-il capable d'une telle chose ? Si nos relations avaient parfois été tendues, était-il imaginable qu'elles m'aient conduit à cette extrémité ? Voyons, il convenait de rester raisonnable. Je voulais bien reconnaître avec lui le caractère inacceptable de ce qui avait été commis cette nuit. Je me proposais même de l'aider à chercher les coupables de ce forfait. Coupables qui avaient dû être d'une grande discrétion, car mes invités et moi n'avions rien vu ni entendu. Et Klaus, aussi bon chien de garde qu'il est, n'avait pas aboyé de la nuit après qu'il soit resté seul dehors attaché à sa niche.

— Qu'il n'ait pas aboyé est bien étrange en effet, dit-il, lui si prompt à japper à la moindre occasion. Pourtant, il aurait dû sentir la présence de ceux qui se sont introduits chez moi, depuis votre jardin…

— Depuis mon jardin ?

— Oui, depuis votre jardin, en creusant un passage sous le grillage qui le délimite ! Allez donc y jeter un œil.

C'était inutile. J'avais compris. Comment, profitant de mon inattention, Klaus aurait-il pu s'introduire de l'autre côté autrement qu'en reprenant cette vieille habitude de creuser un passage sous le grillage ? Comment avais-je pu omettre ce détail ? J'étais fait : j'avais moi-même disculpé mon chien en précisant qu'il était resté attaché toute la nuit. Et comment expliquer que ce cadavre, sorti de terre, se soit retrouvé propre et sec dans la cabane des enfants ? Je restais le seul suspect crédible pour l'accusation.

Quelle ironie du sort ! Moi qui pensais avoir fait une bonne action pour préserver nos relations de voisinage ! J'avais accompli un canular du plus bas étage. Je m'étais comporté comme le dernier des voyous. Que pouvais-je encore sauver du naufrage ?

Il est clair qu'au regard de mon voisin je ne valais pas mieux que mon chien. J'avais creusé de mes mains un passage sous le grillage, puis déterré le yorkshire. Pire, j'avais accompli ce que pas même une bête n'aurait fait en déposant le cadavre de ce pauvre cabot dans la cabane de jeu des enfants.

À mes pieds, ce crétin de Klaus me regardait maintenant sans comprendre la situation désespérée dans laquelle il m'avait mise. Et devant ses yeux inexpressifs, je pris conscience pour la première fois de la profondeur du vide qui l'habitait. Puis je posais mon regard dans celui de mon voisin, songeant que ce qu'il devait y lire en ce moment n'était pas plus reluisant.

Dire que je m'étais évertué à sauvegarder la réputation de mon chien, vantant à qui voulait l'entendre l'éducation que je lui avais donnée. C'est ma propre réputation et mon honneur qui étaient désormais en jeu. Mais si mon air pataud et déconfit ne plaidait pas en ma faveur, heureusement pour moi et contrairement à Klaus, il me restait au moins l'usage de la parole.

— Bon, dis-je après un long silence, je vais tout vous expliquer...

Septembre 2010

Un prénom

Nous avons enfin trouvé un prénom. Cela n'a pas été simple. La recherche a pris du temps. Généralement, nous nous adonnions à ce petit jeu le soir, à mon retour du travail. Allongés sur notre lit, les yeux rivés au plafond, nous cherchions l'inspiration dans les étoiles phosphorescentes collées au-dessus du berceau qui attendait notre bébé.

Mais au fil des jours, ce divertissement est vite devenu une épreuve agaçante, un sujet de querelle même, qui tournait parfois à la bataille rangée.

Si de nos jours la mise au monde d'un enfant peut se faire sans souffrance, l'accouchement de son prénom est de plus en plus douloureux. Autrefois, une femme pouvait donner la vie seule chez elle dans d'atroces douleurs. Le prénom attendait l'enfant. C'était celui d'un aïeul qui s'était naturellement imposé. Aujourd'hui chacun est libre d'appeler son enfant comme il le souhaite. Le choix est large et l'embarras est grand. Il est même permis de puiser à l'étranger, dans un feuilleton télévisé américain, ou même dans un livre de botanique. Ainsi, il peut arriver que le père coupe le cordon du bébé avant même que la mère et lui n'aient encore tranché sur le choix de son prénom. C'est encore plus vrai lorsqu'on ne connaît pas le sexe du futur bébé. De nos jours, une échographie permet de savoir très tôt s'il s'agira d'une fille ou d'un garçon. Mais les jeunes couples préfèrent souvent rester dans l'ignorance et se réserver la surprise. Alors, pourquoi ne pas s'en remettre au jeu du hasard pour le choix du prénom.

Dans le temps, on ne disposait pas de tous ces outils sophistiqués. Les grand-mères avaient leurs techniques à elles. Elles invoquaient la lune ou le mouvement d'un pendule, pour prévoir avec souvent beaucoup de réussite la couleur des layettes de bébé. Et alors il n'était pas question, comme nous l'avions envisagé, de tirer au sort le petit nom dans un chapeau rempli d'une vingtaine de petits papiers.

Dans notre petit deux pièces, chacun replié sur ses positions, faisait munition d'une liste de prénoms. Au signal, on se les envoyait à la figure de l'autre qui ripostait à coup d'arguments plus ou moins sincères : trop long, trop court, démodé ou au contraire trop répandu. Celui-ci évoquait quelqu'un que l'on a connu, cet autre un personnage célèbre que l'on n'apprécie pas. Alors nous rivalisions d'originalité pour sortir des valeurs sûres, des douze apôtres, du calendrier, jusqu'à inventer des noms qui n'existent pas ou proposer celui d'une

fleur, d'un fruit, jusqu'aux sobriquets les plus gro-
tesques.

Lorsqu'on croyait le tenir, on le prononçait à
haute voix, plusieurs fois : tendrement, puis sur le
ton de la réprimande ou de la colère. Mais souvent,
sa sonorité ne s'accordait pas avec le nom du père,
où détonnait dans une phrase qui énonce une injonction.

Alors, bien vite, on se désespérait et la recherche
tournait au jeu de massacre. C'était à qui trouverait
le nom le plus ridicule, le plus désuet, le plus déte-
stablement connoté. Celui qui transformerait toute
cour de récréation en une effroyable fosse aux lions
pour l'enfant qui s'y aventurerait ainsi affublé.

Nous avions même envisagé de leurrer la famille,
toujours avide de questions sur ce choix qui tardait
à venir. Annoncer, avec le plus grand sérieux, notre
décision d'accoutrer le bienvenu d'un prénom si
grotesque qu'il aurait mis tout le monde d'accord
contre lui. Ceci pour avoir la paix, être libre de réfléchir à ce choix qui ne doit appartenir à personne
d'autre, qui doit être le fruit de la concertation de
deux esprits, l'aboutissement de leur rencontre.

Ainsi, avons nous décidé d'attendre le dernier
moment, le jour de la naissance, pour annoncer la

bonne nouvelle et le prénom en même temps. Peu importe l'appréciation des uns et des autres. Ce choix s'imposera à tous.

On viendra voir l'enfant de loin, puisqu'on est loin de chacune des deux familles et que même si ce n'est pas le résultat d'un choix, c'est mieux ainsi, c'est plus sain.

Les plus jeunes feront le voyage, les frères, les sœurs, les cousins, les neveux… On ira dans la famille plus tard, après un peu de repos. Lorsqu'il sera raisonnable de parcourir avec un bébé ces quelques centaines de kilomètres qui distendent les liens avec des parents éloignés de deux ou trois générations.

Il sera toujours temps de replonger au sein de ces nébuleuses familiales où s'entremêlent tensions et effusions. Là où les générations se rejoignent par le saut de celle qui les relie, où les grands-parents sont à l'unisson de petits-enfants que d'inextricables conflits opposent parfois à leurs parents. Conflits qui depuis l'adolescence perdurent, s'apaisent tantôt ou s'exacerbent, mais jamais ne disparaissent.

Là, l'enfant arrivera comme pour réconcilier les générations. Par son apparition, il dissipera les silences pesants et fera oublier un temps les vieilles querelles. Il suffira de le poser là au milieu de la pièce, comme une offrande, un cadeau de réconciliation pour toute la famille. On ne parlera que de lui, de ces rots, de ses pots, de son poids… On aura une paix royale.

Tout s'est bien déroulé. L'annonce a fait son effet. À chaque appel nos premiers mots annonçaient le prénom et tout était dit. La joie prenait le dessus sur la surprise. On nous questionnait sur son poids, sur la couleur des yeux, même si elle changera, sur les traits de ressemblance, même s'il était trop tôt, mais personne n'osa discuter le choix de ce prénom.

De retour à la maison, après un peu de repos, l'enfant a reçu la visite de ses cousins et cousines, de ses oncles et tantes. Il distingue maintenant davantage que de simples ombres et jette autour de lui des regards curieux vers ces visages inconnus qui se penchent sur son berceau.

Le monde s'est organisé autour de lui. L'appartement s'est transformé, les jours se sont condensés et les nuits dilatées, mais chacun maintenant a trouvé ses repères. Il est temps de faire le voyage. Il est temps d'amener l'enfant à son aïeule. À cette arrière-grand-mère qui reste le dernier repère des membres d'une famille que les contraintes professionnelles ou les humeurs ont dispersés plus ou moins loin de son village.

On connaît la route qui mène là-bas. Le chemin qui conduit à la maison nous est familier. On sait l'accueil qu'elle nous réservera et le déroulement de la journée ne fait aucun mystère, il est immuable. Elle nous attendra dans cette maison d'où elle ne sort que pour faire ses courses. Si vous lui proposez une promenade, elle invoquera la fatigue, puis ajoutera qu'il est plus facile de se déplacer pour ceux qui ont la chance d'être jeune et de posséder de surcroît une voiture.

Vous la trouverez immanquablement assise dans son fauteuil, près de la fenêtre qui donne sur la cour. De là, elle aperçoit l'entrée de sa propriété. Elle voit arriver les rares visiteurs qui viennent jusqu'ici. Elle ne se lèvera pas, la porte est déverrouillée, on aura pris soin de la prévenir, elle qui déteste l'imprévu. Ainsi, elle ne manifestera aucune surprise, ni joie particulière. On se penchera vers elle pour l'embrasser avant de prendre place de façon cérémonieuse de part et d'autre de son fauteuil.

On s'informera de sa santé. Elle, l'air de rien, évoquera le souvenir de notre dernière venue. Elle en précisera même la date, déjà éloignée et vous serez bien en mal de la contester, sans admettre que votre mémoire cède à la sienne, tant se brouille avec le temps le souvenir de visites qui ne diffèrent en rien les unes des autres.

Elle prendra l'enfant dans ses bras si on le lui propose. Et elle ne manquera pas de faire remarquer qu'une fois de plus elle est la dernière à serrer contre elle un nouveau venu dans la famille. Qu'elle a dû se contenter tout ce temps du faire-part qui a trouvé sa place à côté des autres, alignés derrière la vitrine du buffet de la cuisine. Ainsi s'écoulera la journée, lentement, entre vieilles histoires, reproches voilés et invocations du bon Dieu. Le tout entrecoupé çà et là de quelques silences embarrassants.

Ainsi, c'est comme par devoir qu'on prend la route, parce qu'il le faut bien et parce que malgré tout cela lui fera bien plaisir de nous voir.

L'enfant s'est réveillé à l'entrée du village. Il a ouvert les yeux, regardé autour de lui, paisiblement, sans se manifester.

La voiture a tourné à droite de l'église, continué tout droit sur deux-cents mètres avant de prendre à gauche après la dernière bâtisse. Là, elle a ralenti sur le chemin de terre qui mène à la maison familiale. Enfin, elle s'est immobilisée au milieu de la cour au grand affolement des poules qui n'avaient pas été mises au courant de notre venue.

Mais notre surprise ne fut pas moins grande. Tandis qu'autour de nous caquetaient les volatiles, nous sommes restés sans voix en apercevant grand-mère devant la porte d'entrée. Elle se tenait debout, une main appuyée sur sa canne, le visage radieux, illuminé par un large sourire.

Elle est venue jusqu'à la voiture. Elle nous a embrassés chaleureusement, puis s'est penchée vers la banquette arrière pour mieux y distinguer l'enfant. Elle a demandé à le prendre dans ses bras. Délicatement, elle l'a soupesé et lui a adressé tout un chapelet de compliments sur sa bonne mine et sa robustesse. Tout à notre surprise, nous sommes restés sans mot dire, puis sans réaction lorsqu'elle a entrepris de se diriger à l'intérieur de la maison, chancelante, en équilibre sur sa canne, l'enfant tout serré contre elle.

À la tombée de la nuit, après plusieurs kilomètres de route, nous avons regagné la voie principale, alors que l'enfant s'endormait paisiblement. Nous n'avions pas encore prononcé le moindre mot.

Un petit objet en bois tournait et retournait entre les doigts crispés de sa maman. Nos regards ne s'étaient pas croisés depuis le départ. Un moment de calme s'imposait au terme de cette longue journée pour faire le point, mettre de l'ordre dans tout cela et essayer de comprendre.

Si distante d'ordinaire, grand-mère n'avait pratiquement pas quitté l'enfant des yeux. Elle avait insisté à plusieurs reprises pour le prendre dans ses bras. Chaleureuse, elle n'avait eu de cesse de nous complimenter, de nous présager du bonheur et de nous assurer de son soutien et de sa bienveillance.

Nul reproche, nul sous-entendu, aucune vieille rancœur n'avait fait surface. Il n'avait pas été nécessaire d'apporter les réponses préparées au cours du voyage pour parer aux questions prévisibles concernant notre venue tardive. Le prénom n'avait pas même fait l'objet d'une allusion. Sur ce sujet, nous redoutions particulièrement sa franchise coutumière. D'autant qu'elle aurait eu le loisir de ruminer ses arguments depuis le jour où le facteur lui avait apporté le faire-part.

Tout au contraire, à notre grande surprise, elle jouait à appeler l'enfant par ce prénom. Elle le prononçait lentement, prenant soin de bien articuler chaque syllabe comme pour familiariser le nouveau-né avec cette sonorité. Dès les premiers instants, elle s'était accaparé ce prénom tout comme l'enfant qui le portait. Chaque phrase dont il était le sujet commençait par son nom. Se penchant vers lui, elle lui adressait ce mot, plusieurs fois, doucement, modulant la tonalité d'une voix qu'elle plaçait telle une caresse sur son visage.

J'exprimais discrètement ma surprise devant le comportement inattendu de grand-mère, par un regard appuyé en direction de ma compagne. Elle me confia en sourdine son incompréhension et son malaise lorsque mon aïeule nous laissa seuls, pour gravir l'escalier qui mène à l'étage supérieur. On l'entendait ouvrir des portes, déplacer des meubles et faire tout un chambardement dont le plancher vieillissant restituait parfaitement l'ampleur jusqu'au rez-de-chaussée.

Lorsqu'elle nous a rejoints, elle a déplié lentement un emballage de vieux papier journal sous les yeux de l'enfant. Ses petits doigts malhabiles se sont refermés sur l'objet en bois qu'elle lui tendait, avant que d'une main agile, sa maman ne confisque aussitôt ce jouet qu'il n'était pas en âge de manipuler sans danger.

A présent, assise dans la voiture, elle scrutait et retournait le petit cheval de bois de tous côtés. Le peu d'informations qu'avait daigné nous donner grand-mère sur l'objet, ne lui permettaient pas d'en évaluer précisément la valeur. Nous n'en avions pas appris l'origine. Bien souvent, la vieille dame manifeste de la lassitude après le moindre effort de mémoire ou d'explication. Et, comme elle s'irritait d'une dernière question, nous avons renoncé à comprendre les raisons de ce cadeau. Nous ne saurions rien de plus sur cet objet surgi après tant d'années du fond d'une cachette où il avait été soigneusement dissimulé.

Cet épisode inattendu fit qu'elle oublia de nous proposer une tasse de thé, ainsi qu'elle le faisait d'habitude sur le coup de seize heures. La préparation de cette boisson obéit ici à un rituel d'une autre époque. Il demande une longue mise en scène qui n'a en fait pour autre but que de retarder le départ de ses invités.

Lorsqu'elle s'en aperçut, anticipant notre refus sous prétexte de l'heure tardive, elle proposa, en remplacement, une promenade dans les rues du village. Nous lui avions si souvent reproché son enfermement qu'il nous était impossible de nous opposer à cette initiative. Et de fait la surprise nous laissa sans voix.

Lorsque nous étions arrivés sur la chaussée carrossable, elle avait insisté pour pousser le landau. Dès lors, c'est elle qui avait décidé du parcours qui nous mena, cahin-caha, sur la place de l'église. Et c'est là que se sont jointes à nous ces deux vieilles dames que l'apparition de grand-mère accoutrée d'un bébé ne pouvait manquer d'interpeller.

Elles la félicitèrent tant pour l'initiative de cette sortie que pour sa descendance. L'enfant au centre de la discussion, recevait avec de grands yeux étonnés compliments et sourires. Puis, subitement, les visages se sont fermés. Un malaise s'est installé, pesant. Bien vite, après un échange entendu de politesses, on se sépara en se souhaitant une bonne fin de journée. Seule grand-mère ne paraissait pas étonnée. Elle qui avait répondu si promptement à cette question qu'une des dames avait adressée aux parents : la regardant droit dans les yeux, elle avait prononcé lentement et distinctement le prénom de l'enfant...

Imperturbable, sans émettre le moindre commentaire, comme s'il ne s'était rien passé, grand-mère a repris la promenade et engagé la discussion vers un tout autre sujet. Mais comme on ne pouvait rester sans rien savoir de ces dames, elle dit, péremptoire, qu'elles étaient de ces mauvaises gens dont on ne se préserve jamais assez. Et, qu'à ne point les fréquenter, on se garde de leurs médisances.

Puis elle décida que ses rhumatismes avaient sonné l'heure du retour. Aucun autre mot ne fut échangé en chemin. J'avais renoncé à en savoir davantage et je songeais qu'approchait le moment où il serait opportun de prendre congé.

Comme nous arrivions dans la cour, le sommeil retrouvé de l'enfant m'offrait le prétexte recherché pour l'installer, sans qu'il ne quitte son landau, sur la banquette arrière du véhicule. Mais sans doute n'était-elle que trop accoutumée à ces esquives par lesquelles ses visiteurs se libèrent au plus tôt de l'atmosphère pesante de ces journées. Malicieusement, la première, elle prit la parole.

Une fois de plus, elle avait su trouver les mots pour parer aux objections et imposer sa volonté. On se trouvait déjà à l'intérieur de la maison, assis à attendre cette surprise qu'elle disait avoir préparée de longue date, depuis le jour, ajouta-t-elle, où lui avait été annoncé l'heureux événement.

Une forte odeur s'était dégagée de ce sac en plastique dont elle avait éprouvé le plus grand mal à dénouer les nœuds.

Cette odeur de naphtaline a maintenant envahi l'intérieur du véhicule. La parure de draps est posée sur la banquette arrière, soigneusement pliée. Selon une méthode que seule maîtrise encore grand-mère. Ainsi qu'on le faisait en son temps. Pliée de sorte que le dernier repli offre au regard ce prénom brodé que nous avons choisi pour notre enfant.

Sous les doigts, cette étoffe révèle la qualité et la solidité de ce linge inusable qu'on se transmet parfois sur plusieurs générations. De fait, ce drap nous a été remis avec une solennité où semblaient se perpétuer les gestes d'une offrande. Délicatement, elle avait retiré le présent de son emballage et nous l'avait tendu, sans faire le moindre commentaire, guettant notre réaction.

Les lettres admirablement brodées révélaient la finesse d'un minutieux ouvrage. Comme il est de notoriété dans la famille que grand-mère n'a aucune habileté manuelle, je l'avais félicité ironiquement pour sa dextérité. J'espérais ainsi qu'elle nous révèle le nom du véritable auteur de ce travail. Mais, sur le même ton, elle avait répondu qu'elle était bien trop jeune pour être celle qui le réalisa, et que si l'ouvrage lui avait échu, le don ne lui avait pas été transmis.

Cette réponse appelait tant de questions qui se bousculaient dans mon esprit interloqué que je n'eus pas le temps d'en formuler aucune avant qu'elle ne reprenne la parole.

Sans rien nous dire du premier propriétaire de ces draps, de l'auteur de la broderie ni de celui qui porta ce prénom, très émue, les larmes aux yeux, elle s'était alors lancée dans un long monologue : ce jouet en bois et cette parure de draps qu'elle n'avait encore montrée à personne nous revenaient de droit. Ces cadeaux n'étaient rien à côté de celui que nous lui avions fait. Comme elle avait été heureuse ce jour-là ! On lui avait dit ce qu'elle n'espérait plus entendre. Sans rien exprimer pourtant, sans poser aucune question. Mais de sorte que tout était entendu, que tout était dit cependant à travers ce prénom inscrit sur un bout de papier cartonné. Elle ne souhaitait plus conserver ces reliques d'une mémoire dont elle pensait être la dernière dépositaire. Ce passé qu'elle avait ainsi remisé, emballé, caché, pouvait désormais vivre au grand jour. Par le choix de ce prénom, nous lui avions donné le courage de se libérer de la prison de ces souvenirs. Soulagée de ce secret, son silence serait désormais celui d'une paix retrouvée. Ce prénom parlerait en son nom.

Alors elle ne retenait plus ses sanglots et nous ne savions dès lors que faire, ni comment la consoler sans avouer l'incompréhension dans laquelle nous laissaient ses paroles.

Après un long moment, des pleurs provenant du landau ont rompu ce silence pesant. Comme si l'enfant partageait l'émotion de son aïeule par un lien de connivence les reliant par-delà deux générations d'ignorance.

Nous nous sommes affairés autour de lui, tandis que grand-mère pliait soigneusement ses cadeaux. Elle embrassa longuement l'enfant et serra très fort ses parents contre ses joues mouillées de larmes. On promit de venir dès lors plus souvent, de donner des nouvelles, d'envoyer des photos. Nous étions bientôt installés sur nos sièges, elle devant sa porte, tous agitant le bras tandis que la voiture s'éloignait.

Il me fallut un certain temps avant de mettre des mots sur le malaise que je ressentais. Sur le chemin du retour, j'étais partagé entre un regain d'affection pour cette grand-mère qui s'était soudain montrée si chaleureuse et un sentiment de dépit face à son attitude incompréhensible. Cette soudaine communion entre elle et nous s'était faite sur la base d'un malentendu. Ce prénom dont nous avions fait le choix égoïste en toute innocence s'était chargé ici d'une histoire douloureuse dont nous ne savions rien. Grand-mère avait eu l'illusion d'une famille réunie autour d'une mémoire commune, nous la révélation de l'abîme d'ignorance qui sépare nos deux générations.

Après l'insouciance de nos premières années de vie commune, nous avions résolu de nous tourner vers l'avenir et de le bâtir autour d'un enfant, envers et contre tous. Le passé, avec ces vieilles histoires, les rancunes, nous lui tournions le dos sans le moindre scrupule. Et voilà que celui-ci nous rattrapait, bien malgré nous.

Avec la naissance de cet enfant, nous avions fondé une famille et choisi son prénom pour écrire sur une page vierge une histoire heureuse. Nous ignorions que pour grand-mère celui-ci s'inscrivait dans un passé douloureux sur lequel nous n'avions aucune prise.

Ainsi, ce qui me mettait si mal à l'aise était la sensation d'avoir été dépossédé du prénom de notre fils. Celui-ci était devenu le dépositaire d'un passé dont nous ignorions tout.

Pour reconquérir ce prénom, nous réapproprier son libre choix, il nous faudrait rétablir le dialogue dans notre famille. Réintroduire la parole pour que ce prénom, que nous avions tu jusqu'au dernier moment, ne reste à jamais associé à un non-dit.

2002 - mars 2011

Le vautour

Je n'ai pas hésité une seconde lorsque le rédacteur en chef m'a proposé de m'atteler à ce papier. J'ai tout de suite saisi cette opportunité. Elle m'offre la chance d'écrire un article auquel renverra le gros titre en première page de l'édition qui sera en kiosque demain matin. Cela ne m'est encore jamais arrivé. Je sais que la tâche est ardue et que c'est pour cela que les autres l'ont refusé. Mais ça ne me fait pas peur. Je relèverai ce défi, même s'il est déjà tard et que je n'ai que trois heures pour boucler mon article.

Je réussirai à pondre ce papier avant les autres. Au nez et à la barbe de tous mes confrères de la presse écrite. Et le plus beau c'est que je rédigerai mon texte sans sortir de mon bureau, quand tous ces imbéciles auront pris le premier avion pour se rendre à Rio.

Et pour y chercher quoi ? Je vous le demande ! Voler des images dans le hall de l'aéroport ? C'est toujours le même problème lorsque ça arrive en pleine mer, au beau milieu de l'océan, on n'a aucune image à se mettre sous la dent. Tout juste les premières vues de l'hélicoptère sillonnant le large périmètre où, d'après les spécialistes, a eu lieu le crash. L'avion se situait semble-t-il dans une zone au-delà de celle couverte par les radars Européens. Il n'avait pas encore pénétré dans celle couverte par son pays de destination. On n'a aucune trace de l'appareil. Aucune épave, aucun débris et encore moins de corps. Que puis-je pondre à partir de cela ? J'ai un papier à rendre avant l'heure du bouclage. L'accident va faire la une. Le rédacteur en chef a anticipé un doublement des ventes. Et il veut du sensationnel, du lourd. Je vais lui en donner, et cela, sans la moindre image choc.

Je ne suis pas ce qu'on pourrait appeler un reporter de terrain. Je suis un gratte-papier. Mes collègues ne manquent jamais une occasion de me le rappeler. J'ai fait carrière dans les bureaux. Dans un journal local tout d'abord, implanté dans la ville où je suis né. Autant dire que ce travail ne m'a pas insufflé le goût des voyages. Concours de Belote et Lotto étaient le genre d'événements que je couvrais.

Il faut dire que je ne me suis pas consacré au journalisme par vocation, mais plutôt par dépit. Mes premiers articles, je les ai écrits pour gagner ma vie, lorsque j'attendais plein d'espoir qu'un éditeur accepte mes manuscrits et me permette de vivre de ma plume. J'étais jeune. J'ai maintenant perdu toutes mes illusions dans ce domaine.

Mais je ne suis pas aigri. J'ai beaucoup appris en relatant les faits divers sans importance qui rythment la vie d'une petite ville de province. Je connais le pouvoir des mots, la force des tournures de phrases qui peuvent rendre captivant le récit de l'événement le plus anodin. J'ai appris qu'il ne servait à rien de courir après le dernier scoop. Il faut s'atteler à servir au lecteur le quotidien qu'il attend chaque matin. La presse locale est aussi importante pour le citadin que son boulanger. Ainsi, je me considérais comme un artisan qui travaille chaque nuit pour livrer les nouvelles fraiches le lendemain. Il suffit de mettre les bons ingrédients et de respecter les bonnes proportions pour que tous les matins, selon un rituel immuable, le client emporte son pain roulé dans son quotidien.

Ce soir, je travaillerai donc à l'ancienne, juste avec des mots, sans images ni interviews sensationnelles. Et je n'utiliserai pour cela que mon vieil ordinateur et ma connexion Internet haut débit. Mais je dispose d'un atout que ne possèdent certainement pas mes confrères : je connais un employé de l'aéroport d'où l'avion a décollé. Une ancienne relation qui a su s'extirper de notre maussade ville de province pour tenter sa chance à Paris. Dès que j'ai su que l'article m'était confié, je lui ai envoyé un mail où je lui demandais de faire tout son possible pour se procurer la liste des passagers de ce vol. Je sais d'expérience que, pour éviter les quiproquos, les compagnies aériennes tardent à dévoiler ce genre d'information. J'ai pris sur moi de lui promettre une bonne prime de la part du journal. Son travail sera rémunéré comme celui d'un correspondant de la rédaction.

Malgré les risques qu'il prenait pour son poste en m'envoyant cette liste, il a accepté mon offre. Et je n'ai eu qu'une heure à attendre avant de voir s'afficher dans ma boîte mail un message auquel était attachée une précieuse pièce jointe. Ainsi, en deux clics, une liste de 228 noms sortait de mon imprimante.

C'est maintenant que commence mon travail. J'épluche lentement cette longue liste de 228 anonymes qui ne m'évoquent rien. Pas plus que ceux d'un autre vol parti plus tôt ou plus tard que celui-ci. Cette liste comporte peu d'informations. Les noms et prénoms des passagers et le numéro de leur place dans l'avion. Je m'en contenterai. Il me faut simplement faire preuve de méthode. Je pars de presque rien, mais, après tout, les archéologues n'arrivent-ils pas à reconstituer le mode de vie de peuplades préhistoriques à partir de la découverte de quelques petits morceaux d'ossements ?

J'effectue un premier tri en rayant les noms de ceux qui se sont offert une mort en première classe. Non sans avoir vérifié qu'il ne s'y trouve pas de personnalités, de « peoples. » Non, des hommes d'affaires certainement. Des habitués de ces vols long-courriers qui voyagent pour raison professionnelle. Aucun intérêt. C'est à l'arrière de l'épave que devrait se trouver les cas intéressants.

Dans cette partie-là, je biffe également les noms à consonance étrangère. Des voyageurs en transit depuis leur pays d'origine pour la plupart. Des vies trop loin des nôtres. Ensuite, je passe au Stabilo vert les noms que je retrouve plusieurs fois. Des couples bien sûr, ce que me confirme le numéro de leurs places côte à côte. Là, quatre noms sur une même rangée. Une famille sans aucun doute. Je surligne en jaune.

Les prénoms maintenant sont pleins d'enseignements. Ils me donnent une idée assez précise de l'âge des passagers. Ce "Gérard", par exemple, ne peut pas avoir moins de cinquante ans. Cette "Zoé" assise à côté de lui et qui porte le même nom doit certainement être une enfant, tout au plus une adolescente et donc probablement sa petite fille. Je les entoure d'un même cercle rouge.

Les noms de familles me parlent eux de l'origine sociale et géographique probable de chaque individu. Certains noms sont fortement implantés dans des régions précises. Monsieur et madame "Meyer" ont de fortes chances de venir d'Alsace avec leurs deux enfants. Les "Fabre" sont principalement issus du sud-ouest de la France. Aussi, je souligne les trois membres de cette famille qui doivent probablement être des provinciaux, déboussolés dans un hall d'aéroport, incapables de trouver seuls le point d'embarquement pour ces vacances hors de prix qu'ils se sont offert, cette folie, le plus long voyage de leur vie.

Maintenant, je surligne en rose les couples qui de par leurs prénoms peuvent être de jeunes mariés. Avec un peu de chance, ils se sont embarqués pour leur voyage de noces. Une pépite. Je raye les hommes seuls, sans intérêt, pas de place pour eux dans mon papier, les femmes et les enfants d'abord. Enfin, pour finir, au cas où mon premier tri serait infructueux, j'entoure les mères et les progénitures qui semblent voyager seuls. Je pourrais me rabattre sur celles et ceux qui ont laissé une famille à terre. C'est toujours ça.

Ainsi, cette liste monotone a pris des couleurs. Des noms sont sortis du rang. Des personnages vont émerger. Il me reste à esquisser des vies, des destins, comme on redonne un semblant de fraîcheur aux cadavres refroidis en chambre mortuaire.

J'ai passé cette liste de noms inconnus au tamis. Il ne me reste que les éléments potentiellement intéressants. Il s'agit de trouver les morceaux de choix.

Je commence par ce couple. De jeunes mariés d'après leurs prénoms. Ils ont uni leurs noms de familles. Tous deux des patronymes très répandus dans le Nord de la France. Je les imagine originaires d'un petit village chti. Des amis d'enfance qui se sont côtoyés sur les mêmes bancs de classe, avant de s'unir pour la vie, comme par une évidence, sans imaginer une seconde que leur destin puisse s'accomplir ailleurs que dans leur région et leur milieu social. En flânant dans les rues de ce triste village où chaque façade respire l'ennui, il est probable que vos pas vous conduisent naturellement vers la seule rue commerciale dans l'espoir d'y trouver un peu de vie. Là, vous tomberez immanquablement sur la vitrine du photographe local où trône certainement, parmi d'autres, une photo du jeune couple en costume de marié.

Peut-être ont-ils quitté la France pour la première fois, à l'occasion d'une lune de miel dont ils ont confié l'organisation à un tour-opérateur, pour êtres tranquilles. Ils s'y sont pris à l'avance. Leurs congés ont été posés dès l'annonce publique de leur mariage. Ce qui a permis au voyagiste de leur dégoter des places de choix, comme l'indique leur numéro de sièges, situés au premier rang, de la classe économique bien sûr, côté fenêtre, le hublot réservé, comme il se doit, à la jeune épouse.

Je sais que la compagnie qui les transporte s'enorgueillit d'être aux petits soins pour les jeunes mariés. Champagne, menu spécial et invitation à faire un tour dans le cockpit de l'avion. Tout le monde les aura remarqués. Et comme chaque fois que l'on honore de tels passagers, l'ambiance dans l'avion en sera devenue plus conviviale et détendue. (Ce qui dans le même temps contribue toujours à décrisper les personnes phobiques) Les passagers se partageant entre ceux qui se revoient lors de leur propre voyage de noces, et ceux qui se projettent avec envie dans celui qu'ils organiseront un jour sur un modèle semblable.

C'est à la première catégorie qu'appartient sans aucun doute le couple assis juste derrière les mariés. Ce sont mes Alsaciens, accompagnés de leurs deux enfants. Ils auront porté un toast en l'honneur du jeune couple et le dialogue se sera naturellement établi entre eux. L'accent aidant, on se sera reconnu entre provinciaux rarement sortis de leur région. Et les plaisanteries classiques sur la froideur des Parisiens croisés dans les transports en commun qui les menaient jusqu'à l'aéroport auront suffi à créer une joyeuse connivence entre eux.

Pour cette famille aussi, ce voyage est une première. On ne s'offre pas chaque année une telle traversée. Ils se seront saignés aux quatre veines pour réaliser leurs rêves. Peut-être se sont-ils privés de vacances l'été dernier dans la perspective de ce projet qu'ils ont programmé pile-poil pour la semaine de Pâques où cette année les congés scolaires de leur zone géographique sont décalés de ceux des Parisiens. Mon agenda le confirme. Cela leur aura permis de trouver des tarifs plus abordables.

J'ai rayé le voisin de siège du père de famille. Il a un nom à consonance brésilienne et, en plus, il voyage seul. Il rentre au pays. J'imagine une conversation entre ce Brésilien et notre Alsacien autour de leurs pays d'origine. Ils comparent les clichés accolés à leurs nations respectives, chacun pour mettre en avant les qualités supposées de celle de son interlocuteur, en toute courtoisie. Ils seront certainement d'accord sur l'idée éculée que c'est depuis l'étranger que l'on voit le mieux les travers de son propre pays. Même si notre Alsacien sort sans doute pour la première fois de France. Excepté pour aller en Allemagne, de l'autre côté de la frontière toute proche. Mais dans ce cas, ce sont des voyages d'une journée, pour des emplettes. Et puis de l'autre côté du Rhin, on est moins dépaysé qu'à Paris. Assurément, la France ne se résume pas à sa capitale. Il n'est pas étonnant que tant d'étrangers aient une vision négative de notre pays puisque la première fois qu'ils posent le pied sur notre sol, c'est généralement pour arpenter le bitume parisien. Pas besoin de venir de l'autre bout du monde pour ressentir cela. Eux, qui arrivent de l'est de la France, ont tout de suite ressenti la différence. Sûr que Paris est une belle ville, mais on n'aimerait pas y vivre… Là, les jeunes mariés se retournent et approuvent.

Décidément, ces deux-là me plaisent bien. Je les entoure cette fois au stylo rouge. Ils sont faits pour s'entendre. Une rapide recherche dans les pages jaunes me permettra de localiser leur commune d'origine. Je pense qu'elle sera de taille modeste. Sur le site de la mairie, je trouverai sans problème la liste des couples unis cette année. La profession de chacun des deux conjoints sera mentionnée. J'imagine des employés, des fonctionnaires. Avec cette simple information, il me sera possible de broder une charmante petite histoire qui aura toutes les chances de coller à la réalité.

Bon, un couple de jeunes mariés et une famille entière qu'il me sera également facile de localiser et d'identifier. Ce n'est pas mal, mais pas suffisant. Je parcours une nouvelle fois la liste. Non plus selon l'ordre alphabétique, mais en fonction des numéros de sièges de la classe économique. J'ai trouvé ! Un, deux, trois… Non, quatre couples ! Assis dans la rangée de gauche. Les uns à côté des autres. Deux sur le même rang, les autres devant et derrière. Tous portent des noms originaires du pays basque. Cela ne peut pas être une coïncidence. D'après leurs prénoms, ils ne peuvent pas être à la retraite. Ce sont de jeunes actifs qui voyagent ensemble, c'est certain. Aucun n'est accompagné d'enfants. Et pour cause, c'est un voyage professionnel. Non pas un voyage de travail, puisqu'ils sont en couple, mais certainement un séjour organisé par leur patron. Ça se fait de plus en plus. Pour souder les employés d'une entreprise, les motiver ou récompenser les meilleurs pour les bons résultats qu'ils ont obtenus. C'est une nouvelle technique de management que les patrons se targuent de mettre en pratique avec les bénéfices engrangés grâce à leurs employés. En plus, avec cette méthode, ces derniers seront moins enclins à réclamer une augmentation. Et au demeurant, il n'y a pas de cotisations patronales sur les billets d'avion, que l'on aura obtenus, pour couronner le tout, au tarif de groupe. Au final, tout le monde est content. Ou presque… Car si l'on considère que la procréation moyenne en France est de deux virgule cinq enfants par couple, cela devrait nous laisser une dizaine d'orphelins sur les bras… C'est exactement ce qu'il me faut.

Mon récit est écrit d'avance. Ce sera l'histoire d'un employé zélé qui travaille dans une des rares entreprises locales qui n'a pas encore été condamnée à se délocaliser et à laisser son personnel sur le carreau. Autant d'hommes et de femmes contraints de revendre le pavillon qu'ils n'ont pas fini de payer pour quitter leur région et chercher du travail ailleurs. Mais le sort de notre employé zélé ne sera pas plus enviable. Même si, pour l'heure, celui-ci est trop heureux d'annoncer à sa femme que son patron leur offre un voyage en amoureux au Brésil afin de le remercier pour ses bons résultats. Ce travailleur méritant espère du même coup se faire pardonner par son épouse les trop nombreuses heures supplémentaires qu'il a dû accomplir jusqu'à tard dans la soirée pour satisfaire aux exigences de productivité de son employeur. Oubliées ainsi les soirées qu'elle a passées seule à s'occuper de leurs deux virgule cinq enfants et parfois même à consoler la dernière petite moitié de leur progéniture qui voyait de moins en moins son papa. Et puis ça lui fera du bien à sa femme de sortir du train-train quotidien. De penser à autre chose qu'aux courses, au repas des enfants et au ménage. Et puis les enfants seront ravis de passer quelques jours chez leurs grands-parents. Ils ne les voient pas si souvent. Plus rarement encore que leur père. Mais désormais cela va changer…

Il y a bien longtemps qu'il n'est pas parti seul avec sa femme. C'est à dire sans les enfants. Les autres couples de la société font le même constat. On en plaisante. En quelle année remonte la dernière fois ? Lui n'en a pas le souvenir. Ce n'est peut-être jamais arrivé depuis la naissance de leur premier. Peut-être même depuis leur lune de miel. Qu'ils en profitent bien ces deux tourtereaux là-bas devant ! Une chose est sûre, désormais il faudra prendre plus de temps pour nous. On remettra ça l'année prochaine, peut-être…

C'est du tout cuit. Il n'y a plus qu'à coucher ça sur le papier. Mais je ne peux pas terminer là-dessus. Il me faut trouver le point d'orgue dans cette conjugaison de destins. Je repasse en revue les noms de cette liste, même ceux que j'ai rayés. Peut-être ai-je laissé passer des cas intéressants... Voilà ! J'en tiens un. Je suis allé un peu vite en rayant les noms à consonance étrangère. J'ai exclu cette dame parce qu'elle portait un nom brésilien. Je n'avais pas vu que celui-ci est accolé à un autre patronyme qui lui est bien français. C'est celui de son mari auquel elle a ajouté le sien devant monsieur le maire, avant de fonder une famille et de déclarer à l'état civil la naissance d'un premier enfant enregistré sous leurs deux noms joints.

Un enfant qui est assez grand maintenant pour prendre l'avion et voyager au côté de sa mère. Il occupe le siège près du hublot. C'est un garçon, auquel a été donné un prénom brésilien, sans doute après de longues tergiversations entre ses parents. Sa mère a eu gain de cause. Il porte un prénom brésilien comme pour compenser le fait qu'il soit né en France et qu'il vive dans ce pays.

Il a été élevé selon les préceptes d'une double culture. Depuis ses premiers babillements, sa mère a dû s'évertuer à lui parler dans sa langue natale, pour qu'il soit imprégné dès le plus jeune âge par ses origines sud-américaines. Et elle n'est pas peu fière de l'entendre aujourd'hui répondre en portugais aux hôtesses qui sont aux petits soins pour lui. C'est un atout, une richesse, vous diront tous les couples mixtes dans le même cas. J'aimerais bien savoir ce qu'en pensent les psychologues. Comment ces enfants vivent-ils ce tiraillement entre deux cultures, cet effort quotidien de leurs deux parents pour leur marteler chaque jour davantage la spécificité de leur double origine ? Comme si cet écartèlement était inscrit à jamais dans leur nom. Comme si on demandait perpétuellement à ce franco-brésilien de choisir entre ses origines maternelles et paternelles.

En tout cas son père n'est pas dans cet avion. Il a peut-être été retenu par son travail. Sa femme et son fils sont partis seuls en vacances dans la famille maternelle. Ils y vont au moins deux fois par an, pour maintenir le lien avec les grands-parents. Et toujours à Pâques, car c'est une fête religieuse très importante là-bas.

Ainsi, l'enfant a l'habitude des avions. Il a commencé à voyager par les airs depuis son plus jeune âge. Il connaît la routine de l'embarquement, le discours de bienvenue des hôtesses, leur démonstration amusante de la façon d'utiliser du gilet de sauvetage. Il aura même noué des liens de sympathie avec certaines d'entre elles. Ce qui lui aura valu, à lui aussi, le privilège de visiter la cabine de pilotage, en plein vol, lorsque l'appareil est en pilote automatique et que le commandant de bord s'accorde un moment de détente. Et comme bien d'autres garçons de son âge, il aura alors formulé le vœu de devenir pilote d'avion lorsqu'il serait grand. Il a déjà une belle collection de maquettes dans sa chambre. Et il en réclame toujours davantage. Ça devient une obsession. Son père s'en est inquiété à plusieurs reprises. Maintenant, avec le recul, ça apparaîtrait même comme de la hantise. La hantise de ce trait d'union en ses deux cultures. Car l'avion est devenu le symbole de l'ouvrage patiemment entrepris par sa mère pour tisser deux cultures entre elles par les allers et retours d'une navette qui trace en vain un fil blanc évanescent dans le ciel.

À ce moment-là, l'avion est à son altitude maximum. Il n'est plus qu'un petit point dans le ciel au-dessus de l'océan. Et c'est là que l'on perd son contact. À mi-parcours entre son aéroport de départ et celui de sa destination. C'est là que disparaît cet enfant sans laisser de trace, au beau milieu de l'Atlantique, hors des eaux territoriales, entre ses deux patries.

Il y a peu de chances que l'on retrouve son corps. Et c'est très bien comme cela. Ceux qui périssent en mer ne sont-ils pas rendus à la mer ? Ainsi, la terre d'accueil de sa dépouille ne sera pas un sujet de discorde entre les deux familles. Son père, plutôt que de s'incliner vers un carré de terre, lèvera la tête au ciel pour se recueillir au souvenir de son fils. Perdu dans le ciel comme Saint-Exupéry, il sera d'une certaine façon devenu le pilote qu'il rêvait d'être. Et il songera à lui avec tendresse chaque fois qu'une ligne blanche se dessinera dans le ciel. Comme un signe que son garçon lui adresse depuis les cieux où désormais, il demeure, dans ce paradis sans doute que lui promettait l'éducation religieuse dispensée par sa mère.

Et pour moi, enfin, le destin de cet enfant ainsi esquissé en quelques lignes, m'offre une magnifique parabole pour conclure mon récit de cette terrible catastrophe aérienne. Une apothéose émotionnelle, à laquelle personne ne pourra rester insensible.

Je suis un génie. À partir d'une liste de noms inconnus, j'ai réalisé le casting idéal pour le scénario que je vais livrer à nos lecteurs en mal de sensations fortes. Une histoire qui parlera à la France profonde, humble et laborieuse. Je ne leur raconterai pas le crash, ne décrirai pas l'impact ou l'explosion. Je me contenterai d'évoquer ces vies si diverses et banales qui se sont côtoyées par hasard, le temps d'un vol long-courrier écourté, avant de se disperser, de s'évanouir en un instant au milieu de l'océan.

Je vais romancer tout ça et leur faire vivre les derniers instants de l'intérieur, comme s'ils y étaient. Ainsi tout un chacun frémira à l'idée qu'il aurait pu faire partie des passagers.

Ma foi, voilà un bon échantillon de cette France qui nous lit : un groupe de salariés en voyage offert par leur patron, une famille en vacances, de jeunes mariés en lune de miel et un enfant égaré pour de bon entre ses deux patries. Il ne me manque qu'un couple de retraités pour boucler mon panel. Ça ne sera pas le plus compliqué. J'en ai repéré au moins 3 ou 4 dans cet avion d'après leurs prénoms. Après les hommes d'affaires, c'est la catégorie la mieux représentée. Ils constituent une part de marché croissante pour les compagnies aériennes. Je les repère aussi grâce à leurs places dans l'avion. Les retraités choisissent des sièges proches de l'allée centrale, afin de pouvoir se lever plus facilement s'ils ont envie d'aller aux toilettes.

Les plus âgés doivent être cette Odette installée à côté de son Gustave de mari. Ce sont eux que je vais choisir. Ils ont dû attendre leurs noces d'or pour s'offrir ce grand voyage. Ceci grâce à une retraite bien méritée, car ceux de cette génération ont souvent commencé à travailler avant 18 ans. En plus, ils sont assis à côté de ma Brésilienne et de son enfant bilingue. Sa maîtrise du portugais et sa connivence avec les hôtesses lui auront valu l'intérêt de nos deux retraités. Ils auront aisément engagé la conversation avec ce garçon qu'ils trouvent éveillé et drôlement instruit pour son âge et sa maman que ce compliment aura flattée dans son orgueil de mère. Ils ne manquent pas de saisir l'occasion de comparer l'éducation de ce garçon avec celle reçue par leurs propres petits enfants. Trop laxiste, pour sûr. À leur époque, il en allait autrement. Mais de ça, on ne peut pas parler en famille, les réunions dominicales en seraient gâchées. Alors quand on trouve une oreille complaisante… Vous avez bien raison, c'est une chance d'être bilingue dans le monde du travail aujourd'hui, croyez-moi. Cela lui donnera des chances supplémentaires de trouver une bonne place et de gagner un bon salaire. Car les temps sont durs. Autant mettre de côté tant qu'on est actif. Au train où vont les choses, votre garçon risque de ne pas avoir une retraite folichonne.

Notre Brésilienne acquiesce poliment tout en s'amusant des raisonnements terre à terre qu'assènent avec un accent rocailleux ces deux retraités, bourguignons à en croire leur nom de famille. À son âge, son fils a d'autres préoccupations que sa retraite. Et puis, s'il devient pilote de ligne, il n'aura pas à se faire de soucis pour ses vieux jours. Lui qui aura voyagé toute sa vie aspirera sans doute à une retraite calme, loin de la foule des aéroports, dans la maison isolée qu'il aura fait construire sur le terrain acquis dans les terres reculées de la patrie de ses ancêtres maternels.

Mais ils sont touchants malgré tout ces petits vieux. Eux qui ont travaillé toute leur vie, ne s'accordant que peu de repos et jamais de vacances pour un jour, aujourd'hui, prendre un avion, celui-là, pour le plus long voyage de leur vie, celui qui mène à la mort…

C'est-y pas beau ça ! Cette fois j'ai tout le monde. De l'enfant au retraité. Reste à broder à partir des éléments puisés dans cette liste et des informations que je pourrai trouver sur le Net. Je vais raconter de belles histoires, des destins anodins, humbles et sans grande envergure qui prendront un éclairage héroïque depuis leur improbable point de rencontre dans le ciel.

Avec un simple ordinateur et une connexion Internet, il me faudra moins de temps pour géo-localiser les victimes de ce crash, qu'aux secours dépêchés sur les lieux pour retrouver l'épave et ce qui reste des corps. En quelques mots, je vais pouvoir esquisser un portrait très approchant des victimes les plus intéressantes quand il faudra des heures aux médecins légistes pour identifier des corps décomposés.

Puisque la seule chose dont on est sûr est qu'il n'y aura aucun survivant, pourquoi s'intéresser aux dépouilles quand on peut redonner vie à ces victimes dans les dernières heures qui ont précédé l'accident ? Le public s'intéresse plus à leurs histoires qu'à leurs cadavres. Surtout si ces vies sont proches des leurs. Ce qui les fascine ce n'est pas la contemplation de la mort, mais celle d'autres vies. De vies qu'on ne sent jamais si proches de la mort que lorsqu'elles confinent au bonheur. Donnez-leur de belles histoires, parlez-leur de vies heureuses et ils pourront frémir pleinement à l'idée que tout cela peut s'effondrer en quelques secondes.

Mince ! Il est déjà 21 heures 30. Emporté par mon imagination, je n'ai pas vu passer le temps. Je dois envoyer ce papier avant le bouclage et je n'ai encore rien écrit ! Plus question de surfer sur le Net pour chercher les infos qui confirmeraient mes hypothèses. Peu importe. Je vais improviser. Il me suffira de rester suffisamment vague pour évoquer des personnages dont la présence dans cet avion et les histoires seront tout à fait vraisemblables. Sans citer de noms, en restant dans le flou artistique, je permettrai de surcroît à un plus grand nombre de lecteurs de s'identifier à l'un ou l'autre des protagonistes de mon récit. Pas de quiproquo possible. Personne ne pourra reconnaître les siens ou contredire mon propos si je n'évoque que des cas et des situations génériques. Un échantillon représentatif de cette France populaire qui rêve de ces grands voyages formatés et sans surprise que leur vendent les brochures en couleurs des tour-opérateurs. Tristes touristes, qui éprouveront au décollage de l'avion le seul véritable instant d'émotion de leurs vacances.

Quelque part, c'est ce doux frisson que j'entretiendrai vivace dans l'esprit de nos lecteurs. Et, plutôt que de les décourager des voyages, je suis sûr que je vais éveiller dans l'esprit d'un grand nombre, un désir inconscient, une pulsion mortifère qui s'exprimera un jour par l'achat compulsif, sur un coup de tête, d'un billet d'avion pour une destination improbable. Les compagnies aériennes n'ont pas de soucis à se faire : je me charge de remplir leurs avions.

Allez ! Au travail. Je vais tous les épater à la rédaction. Pour sûr que le patron n'aura pas à regretter de m'avoir confié cet article. Il pourra enfin mesurer mon mérite. Et après ça, sans doute sera-t-il enclin à me confier des rubriques plus ambitieuses. Je sortirai enfin de mon bureau. Peut-être même que je serai versé à l'international. À moi l'aventure, la vie de grand reporter, les voyages au long cours.

Au fil des missions qui me seront confiées, des événements que je couvrirai un peu partout dans le monde, je finirai par me faire un nom. Un nom remarqué par mes pairs de la presse écrite au bas des articles que je signerai. Je goûterai alors au plaisir délicieux de voyager incognito au milieu d'hommes d'affaires, de couples, de familles, d'hommes et de femmes de tous âges et d'origines diverses, tous indifférents à ce passager solitaire dont ils ignorent tout. Un passager si discret que personne ne pourrait imaginer à quel point sa vie est palpitante. Un anonyme, dont seul un journaliste professionnel aguerri serait en mesure d'identifier la signature prestigieuse au milieu d'une longue énumération de noms. Un homme de plume qui se ferait un honneur de rédiger l'éloge funèbre de mon talent de reporter si nous nous perdions en mer.

Novembre 2010

Attentifs ensembles

Je revenais épuisée par cette réunion interminable et barbante avec les cadres de l'entreprise. Comme chaque fois, je m'étais mise sur mon 31. J'inaugurais cette robe pour laquelle j'avais craqué la veille malgré son prix élevé. Mais je ne regrettais pas mon acquisition. Et j'en mesurais l'effet sur l'homme assis sur le strapontin en face du mien, qui, par-dessus son livre, me jetait des regards furtifs.

Notre rame de RER attendait toutes portes ouvertes les rares personnes que les escaliers mécaniques acheminaient jusqu'au quai. Nous étions assis de part et d'autre de l'entrée. Je vis alors cette étrange dame se diriger vers nous.

Nous étions aux premières loges pour observer son manège. Corpulente, vêtue d'une robe usée, la tête recouverte d'un fichu, elle progressait péniblement en se dandinant lentement jusqu'à notre wagon. Elle traînait derrière elle un énorme chariot à roulette rempli à ras bord.

Je rendis à mon vis-à-vis le sourire complice que le spectacle cocasse dont nous étions les témoins lui offrait l'occasion de m'adresser. Il fallut un certain temps à cette pauvre dame pour parcourir la distance qui sépare le banc où elle était assise du bord du quai. Puis à grand-peine elle hissa son chariot à l'intérieur du wagon. Elle prit le temps de le caler contre la barre centrale à laquelle se retiennent les passagers aux heures de grande affluence. Maintenant, elle effectuait le chemin en sens inverse, sans davantage se hâter, en direction du banc où elle avait semble-t-il laissé des affaires. Ce dandinement ralenti, cet air indifférent à ceux qui l'observaient, autant que son accoutrement, donnaient un air comique à ce personnage hors du temps. Le temps semblait suspendu à l'avènement de l'improbable jonction entre la trajectoire solitaire de cette dame au ralenti et cette ligne rapide de transport en commun.

C'est alors que retentit le signal du départ. La lueur rouge d'une lumière se mit à clignoter pour prévenir de la fermeture imminente des portes. Je croisais le regard de mon complice. J'y lus la même question : Aura-t-elle le temps de revenir jusqu'au wagon ? Elle ne semblait pas avoir entendu le signal. Lorsqu'elle se retourna lentement dans notre direction, les portes se fermèrent dans un bruit sec. Le train s'ébranla, laissant derrière lui cette pauvre femme qui criait en agitant les bras en direction du wagon qui emportait son chariot.

Je ne pus contenir un pouffement de rire devant l'effet comique de la situation. Le gag amusa tout autant l'homme qui me faisait face. Il est rarement donné de se divertir dans les transports en commun. Les gens sont tellement stressés. Mais j'eus aussitôt honte de ma réaction en réalisant la situation dans laquelle cette pauvre femme se retrouvait. Comment allait-elle récupérer son bien que le train emportait maintenant à toute vitesse vers la prochaine station ? L'accoutrement excentrique de cette personne ne laissait aucun doute sur la situation sociale qui était la sienne. Ce chariot était peut-être tout ce qu'elle possédait.

Sur le visage de mon vis-à-vis, se lisait le même dilemme. Je lui jetai un regard interrogateur pour l'enjoindre à résoudre ce problème. Ne revient-il pas à l'homme de prendre les devants ? Il lui fallait prendre une décision rapidement avant que son silence n'acte son indifférence. Mais mon injonction tacite à agir pointait l'indifférence dont il avait fait preuve. Il n'avait pas bougé pour aider cette vieille femme à hisser son lourd chariot dans le wagon. Par crainte de la réaction imprévisible de ce personnage étrange, il s'était plongé dans son livre. Comme s'il ne l'avait pas vu arriver de sa démarche burlesque jusqu'au quai. Et lorsque le signal avait retenti, il n'avait pas eu le réflexe d'appeler la dame, ni celui de bondir pour bloquer la porte avec son corps et faire signe au conducteur avant qu'il ne mette le train en route. Tout c'était passé très vite, il n'avait pas pris la bonne décision. Nous étions restés spectateurs d'un gag dont nous n'avions pas mesuré les conséquences.

Son hésitation lui fut fatale. Il esquissa un sourire comme pour relativiser la situation. Mais cette fois, je restai de marbre. Son visage se figea. Il replongea la tête dans son livre.

Je fus d'abord tentée de faire de même. Mais je pris conscience du danger qu'il y avait à s'enfermer dans ce jeu de miroirs. Dans ce genre de circonstance, on se dédouane à peu de frais de ses responsabilités en calquant son attitude sur l'indifférence des autres. Mais il était trop tard pour agir sainement. C'est-à-dire sans réfléchir, par un réflexe de bon sens. Nous étions lui et moi réduits au silence face au témoin de notre coupable négligence.

Je regardais maintenant ce chariot posé là, abandonné en plein milieu d'un train lancé à toute vitesse en direction de Paris. Il semblait attendre que l'on décide de son sort, livré à lui-même, résigné, avachi et impotent. Immobilisé par son embonpoint sur ses roulettes usées.

Qu'aurais-je dû faire ? Tirer le signal d'alarme ? Immobiliser la rame durant de longues minutes pour un simple chariot de clocharde ? M'attirer ainsi le courroux de passagers qui ont hâte de rentrer chez eux à cette heure tardive ? Pourquoi ne pas le descendre sur le quai au prochain arrêt et le déposer auprès d'un agent d'accueil ? Imaginez sa tête devant l'état de ce chariot. Et cette pauvre femme aurait-elle seulement l'idée de le réclamer aux objets trouvés ? Mais valait-il la peine de se donner autant de mal pour ce bagage. Les agents de la RATP me riraient au nez s'ils découvraient en fouillant à l'intérieur que je me suis donné tout ce mal pour de vulgaires détritus.

Le plus simple aurait été peut-être d'y jeter un œil pour juger moi-même de la valeur de son contenu. Mais comment me permettre cette indiscrétion devant les autres passagers ? Je passerais au mieux pour une misérable habitée par une curiosité malsaine, ou au pire pour une profiteuse des malheurs d'autrui. Mais après tout, quand bien même ce chariot serait rempli de choses sans valeur, elles en avaient sûrement une pour cette femme. Il était sans doute son seul bien. Comment le faire comprendre aux agents de la RATP ? Aussi vain et inutile que paraisse mon geste au regard des passagers en costume cravate ou des employés en uniforme, il me fallait donner à cette femme une chance de retrouver son bien.

Je décidais alors que le plus pratique pour moi était de descendre à ma station, d'informer un agent derrière son guichet de la présence de cet objet dans la rame et de lui raconter l'incident auquel j'avais assisté. Il lui suffirait de contacter le conducteur qui se chargerait de le mettre en lieu sûr au terminus de la ligne. J'aurais alors la conscience tranquille, ayant fait mon devoir. À eux d'accomplir le leur, cela ne me concernerait plus. Mais j'étais bien encore à une vingtaine de minutes de mon arrêt. D'ici là, il me faudrait partager l'encombrante compagnie de ce chariot.

J'en étais là de mes réflexions lorsque nous arrivâmes à la station suivante. Les portes s'ouvrirent. Des passagers descendirent, d'autres montèrent. Mon complice n'avait pas interrompu sa lecture. Il avait visiblement pris le parti de l'indifférence. Parmi ceux qui étaient montés, un homme d'une quarantaine d'années, vêtu comme un employé de banque, s'assit sur un strapontin à côté de mon lecteur assidu. Son regard se posa sur le chariot qu'il examina de haut en bas avant d'en faire autant de son voisin puis de moi-même. Visiblement, il cherchait à comprendre à qui de nous deux ce chariot pouvait bien appartenir. Au vu de notre tenue, de l'état de l'objet et de la distance qui nous en séparait, il ne pouvait que conclure que nous n'en étions pas les propriétaires. Il jeta alors un regard autour de lui pour chercher le genre d'individu qui pouvait bien s'affubler d'un tel bagage. Personne n'avait le rôle. À son tour, il sembla réfléchir à l'énigme que lui posait ce chariot. Puis, ne trouvant pas de réponse à ses interrogations, il se mit à la lecture de son journal. Mais il semblait éprouver le plus grand mal à se concentrer sur son article. Son regard inquiet passait de son canard à l'objet puis de l'objet aux autres passagers.

À l'annonce de la station suivante, il referma brusquement son journal, se redressa et leva la tête en ma direction. Je lus dans ses yeux son intention d'aller s'asseoir dans un autre wagon. Je soutins son regard pour l'enjoindre à renoncer à cette l'idée. Cet instant d'hésitation compromit son projet. Sa sortie aurait perdu tout semblant de naturel et trahi son inquiétude. Il ne pouvait plus avouer sa crainte dans la fuite et abandonner lâchement une femme au péril qu'il pressentait. Les portes se refermèrent bruyamment sur notre destin.

Je sentais monter la tension à l'intérieur notre wagon. D'autres passagers nous avaient rejoints qui à leur tour s'interrogeaient sur la présence incongrue de cet objet. Ils s'en écartaient machinalement, lui conférant une aura et une présence d'autant plus inquiétante.

Maintenant, les vibrations du train lancé à vive allure faisaient trembler le chariot. La poignée métallique cliquetait contre la barre sur laquelle elle était appuyée. Ce cliquetis augmentant avec la vitesse du train, chacun retenait son souffle dans un silence pesant.

Puis le train décèlera à l'approche du prochain quai, le cliquetis ralenti, les poitrines expirèrent à nouveau, lorsque se fit entendre le puissant souffle de décompression des vérins qui actionnent les portes. L'homme au journal sursauta, bousculant son voisin qui laissa échapper son livre. Rouge de honte, il se recroquevilla derrière son canard pour se dissimuler aux regards

Chacun évitait désormais de croiser le regard des autres passagers. Le cliquetis reprit, lentement puis de plus en plus vite. On approchait du centre de Paris et des stations où aux heures de pointe se presse la foule des usagers. Le trajet me parut particulièrement long. Comme si nous n'allions jamais sortir de ce tunnel.

Enfin, le train décéléra ainsi que ce cliquetis inquiétant quand lui succéda le « pschitt » puissant qui une nouvelle fois fit bondir le lecteur du Figaro et du même coup son voisin de strapontin. Celui-ci, exaspéré par cette tension qu'il endurait depuis l'apparition du chariot fit enfin preuve d'audace. Il se leva pour agripper l'objet et l'avancer avec beaucoup de précautions de quelques centimètres afin que sa poignée ne bute plus contre la barre.

Tous les regards s'étaient aussitôt tournés vers lui. Tous les passagers se posaient la même question que son voisin au journal se sentit le devoir de formuler :

— Veuillez m'excuser monsieur, mais ce chariot vous appartient-il ?

— Absolument pas. Répondit sèchement celui-là, comme pour couper court à toute autre question. Il lui aurait été difficile maintenant de raconter comment cet objet était arrivé dans ce wagon et d'expliquer pourquoi il s'était désintéressé de son sort et de celui de la femme à laquelle il appartenait. Nous étions tous deux condamnés au silence, comme deux complices en cavale, coupables d'un délit de fuite.

Le lecteur du Figaro regretta aussitôt son audace. Il ne pouvait plus désormais cacher son angoisse derrière son journal. Il semblait tiraillé, hésitant sur l'attitude à prendre.

Amusée par le psychodrame qui se jouait sous mes yeux, je plantai sournoisement mon regard dans le sien, comme pour le mettre au défi d'agir. Il était sur le point de se lever lorsqu'un nouveau pschitt le fit bondir une nouvelle fois. Les portes s'ouvrirent, des usagers se croisèrent.

Le signal sonore du départ qui tira son voisin de strapontin de ses sombres pensées. Il leva le nez de son livre et jeta un regard sur le quai qu'il reconnut juste à temps pour s'y précipiter avant la fermeture des portes. Cette fuite produisit l'effet d'une décharge électrique sur l'homme au journal. Il se jeta d'un bond sur le signal d'alarme. Après un long crissement métallique, le train s'immobilisa.

Les passagers le regardaient avec des yeux ronds, se demandant s'ils avaient affaire à un fou dangereux. Il expliqua son geste, désigna l'objet suspect. Il convenait d'être prudent, par les temps qui courent.

Les passagers étaient au comble de l'exaspération. La situation avait atteint un tel degré dramatique, que je ne me sentis pas le courage de raconter l'histoire de ce chariot. Je prenais le risque de voir se décharger sur moi la colère générale. Et qui aurait pu croire à mon récit ?

Nous n'étions plus dans le registre de la plaisanterie. J'avais moi-même été gagnée par l'angoisse collective. Les idées les plus extravagantes se bousculaient dans mon esprit. Que pouvait bien contenir ce chariot ? L'attitude de la femme m'apparut désormais des plus suspectes. N'avait-elle pas abandonné intentionnellement son chariot dans cette rame ? Je choisis de ne pas me mêler de cette histoire. Il revenait aux agents assermentés de la RATP de résoudre ce problème.

Au bout de longues et pesantes minutes d'attente, deux hommes en uniforme kaki arrivèrent d'un pas léger, sans se presser, à hauteur de notre wagon. Notre homme leur désigna l'objet suspect. Ils s'en approchèrent, en firent le tour. L'un d'eux s'aventura à écarter d'un doigt l'ouverture du chariot d'où dépassait un bout de sac en plastique. Puis ils redescendirent sur le quai où ils se concertèrent à voix basse d'un air goguenard. L'un d'eux communiqua par talkie-walkie les conclusions de leur inspection, puis ils s'en retournèrent, laissant les passagers à leurs interrogations.

Il se passa ensuite un long moment avant qu'une voix fortement amplifiée et déformée par les haut-parleurs se fit entendre : « *veuillez nous excuser pour ce stationnement prolongé à quai dû à une utilisation abusive du signal d'alarme. Nous allons désormais pouvoir repartir.* » Je baissais les yeux pour ne pas accabler ce mauvais plaisantin, lapidé de tous côtés par les regards lourds de colère qui convergeaient sur lui.

Le parcours qui menait à la prochaine station dut lui paraître interminable. Autour de lui on fulminait, on râlait. J'avais pitié de lui. Et je ressentis un soulagement sans doute égal au sien lorsque le train s'immobilisa à nouveau, que les portes s'ouvrirent et qu'il put enfin s'enfuir, poursuivi par une bonne partie de passagers vers cette station de grande affluence.

Désormais, je me retrouvais, pour ainsi dire, en tête à tête avec mon chariot. Sans personne autour de nous qui puisse se douter des circonstances de notre improbable rencontre. Je me sentais résolument lié à son destin. On l'avait tour à tour raillé puis craint avant de le mépriser et enfin de le maudire, lui qui était cause du retard inadmissible de cette rame de RER. J'étais la seule à connaître son histoire. La seule qui pouvait encore le ramener à sa propriétaire. J'étais désormais responsable de lui.

Le train allait maintenant sortir de la capitale. Le parcours se poursuivrait à l'air libre. Le ciel s'était assombri. Les immeubles commençaient à se pailleter de lumières en cette fin de soirée. J'avais hâte de rejoindre ma banlieue, de prendre un repas chaud et de m'allonger dans mon lit.

Il y avait de moins en moins de monde sur les quais. Le train s'arrêta dans une station quasi déserte. D'ailleurs personne n'en descendit. Et nous étions sur le point de repartir lorsque des cris se firent entendre, des bruits de course auxquels succéda celui de la porte de la rame qui s'ouvrit avec fracas. Une troupe de jeunes gens s'engouffra dans le wagon riant et blaguant à haute voix, heureux d'avoir réussi à attraper ce train in extremis.

Ils étaient entrés par l'extrémité du wagon et descendaient la travée dans ma direction. Ils me dépassèrent et vinrent s'affaler sur les banquettes situées juste derrière moi. Mais le dernier d'entre eux s'attarda sur le chariot. Il le considéra puis me toisa de bas en haut. Je pris un air distrait et fixais mon attention au loin vers les lumières de la ville. Mais je sentais son regard passer en revue mes bottes vernies, mon sac de cuir et le col en fourrure de mon manteau. Je retins ma respiration, me raidis, lorsque je l'entendis attirer l'attention de ses copains :

— Eh les gars, visez la dégaine ! Le stress me fit réagir sans réfléchir. Je me retournai brusquement pour interpeller sèchement ce malotru :

— Dites donc, je ne vous permets pas... Mais je m'aperçus trop tard qu'il ne faisait aucun cas de moi et désignait aux autres mon compagnon de voyage. Je réalisai instantanément les conséquences de ma gaffe. Dans quel pétrin m'étais-je fourré ? Il me faudrait maintenant me dépatouiller avec cette troupe d'excités.

Heureusement je connaissais ce genre de zèbre pour en avoir déjà croisé à plusieurs reprises sur cette ligne. Je devais rester en position de force, ne pas trahir ma méprise, garder la situation en mains. Trois de ses camarades avaient rejoint celui qui me regardait maintenant avec des yeux ronds :

— C'est à vous ça madame ? Me dit-il d'un air étonné.

— Et à qui d'autre voulez-vous qu'il appartienne ?

— J'sais pas moi, il est tout pourrave ce truc. Dit-il, provoquant les rires de ses comparses qui avaient entrepris d'écarter l'ouverture du cabas.

— Je vous interdis de toucher à mes affaires. J'avais crié ces mots sans réfléchir, choisissant instinctivement la fuite en avant. Car pour mon salut et aussi invraisemblable que cela puisse leur paraître, il me fallait m'accrocher à cet objet comme à une bouée de sauvetage. Ou plutôt comme à la première épave à portée de main après m'être jetée à l'eau, à la merci des éléments que je risquais de déchainer autour de moi.

Il me fallait garder l'initiative. Les désarçonner. Aussi, je joignais le geste à la parole : J'agrippais brusquement le chariot et le ramenais de toutes mes forces auprès de moi. Puis je l'enlaçais de mes bras et le serrais contre mon corps comme pour l'empêcher de s'enfuir.

Notre destin était lié. Nous serions sauvés ou perdus ensemble. J'avais machinalement endossé le rôle de la démente pour accorder mon comportement à l'invraisemblance du couple qui venait de se former sous leurs yeux. De la qualité de ma prestation dépendait notre sort. J'attendais la sentence du public…

Un éclat de rire général vint saluer ma prestation. Le comique de ma mise en scène avait produit son effet. Le spectacle que je leur avais offert semblait satisfaire ces jeunes rigolards avides de sensations inédites au cours de leurs virées nocturnes. Tout en échangeant des plaisanteries sur mon compte, ils allèrent se vautrer sur les banquettes situées en face de moi. De là, ils pouvaient apprécier à leur aise le spectacle inattendu que je leur offrais.

Je ne desserrais pas les dents et gardais un air buté pour donner le change. Mais à l'approche de la station suivante, je décidai de leur fausser compagnie. Lorsque les portes s'ouvrirent, je me levai et agrippai la poignée du chariot. Je le tirai mais ne parvins pas à le faire bouger. Je m'y repris à deux mains sans plus de succès. La panique commençait à me gagner. Je me courbai et tentais de le prendre par la base sans parvenir à l'ébranler davantage, tandis que retentit la sonnerie du départ décuplant mon angoisse. C'est alors qu'il céda à une dernière tentative et se souleva comme un paquet de plumes. Si facilement que je faillis trébucher à la renverse en marchant sur ma jupe que la pointe de mon talon déchira. Heureusement, je n'avais pas lâché ma prise que trois des garçons avaient soulevée à un mètre du sol avant de la déposer délicatement sur le quai. Sans les regarder, d'un air bourru je leur lançais un bref « merci » et m'éloignais péniblement du bord du quai trainant à grand-peine mon chariot derrière moi.

Il était maintenant inutile que j'en rajoute, j'étais parfaitement ridicule. Les jambes flageolantes sur mes talons hauts, ma robe ouverte jusqu'au genou, pliée en deux, tandis que je trainais avec la plus grande difficulté mon bagage derrière moi.

Ces voyous profitèrent du spectacle jusqu'à ce que le train ait quitté le quai. Riant aux éclats et m'interpelant à travers les vitres d'aération entrouvertes. Je ne m'étais pas retournée. Je parcourais tant bien que mal la distance qui me séparait des bancs alignés le long du mur. Là je pus me reposer de mes efforts en attendant la prochaine rame de RER.

Ils ne sont pas fréquents à cette heure tardive. J'avais le temps de souffler. Finalement, je m'en étais plutôt bien tiré, même si j'avais ruiné ma robe. Encore deux stations avant d'arriver. Mon chariot sera à quelques minutes du terminus de son voyage où les agents que j'aurai informés le placeront en lieu sûr. Je ne pouvais plus l'abandonner. Qui sait sur quelle bande d'hurluberlus risquait-il de tomber ? Tout le monde n'aura pas les mêmes scrupules que moi. Qui d'autre pourrait s'intéresser au sort de ce pitoyable chariot ?

Plongée dans mes pensées, je n'entendis pas arriver la rame suivante qui ralentit doucement avant de s'immobiliser devant moi. Je sursautai, me dressai si brusquement sur mes talons que l'un d'eux céda sous mon poids. J'ôtai précipitamment ces chaussures quasi neuves sur lesquelles je n'avais pas le temps de m'apitoyer. Je me démenai pour faire pivoter le chariot en direction du train. La manœuvre me demanda un effort colossal. Mais j'y parvins à force de contorsions dont le ridicule m'importait peu tant il pressait que je me mette en mouvement. Je tirais tant bien que mal le chariot derrière mon dos, mon sac hermès en bandoulière, mes chaussures dans l'autre main, sans même pouvoir cacher ma jambe nue qui à chaque pas fendait ma jupe évasée. Un couple assis sur les strapontins observait mon manège. C'est alors que la lumière rouge se mit à éclairer par alternance le sourire qui se dessinait maintenant sur leurs visages. Affolée, je me retournais pour tirer le chariot à reculons des deux mains, malgré ces chaussures encombrantes. J'y étais presque. Si près qu'il me sembla discerner des rires derrière la sonnerie du départ avant que ne claque le brusque entrechoquement des portes.

Voilà comment je me retrouve sur ce quai désert où je n'ai jamais mis les pieds auparavant. Le rideau est tombé sur le spectacle pitoyable que je viens d'offrir à toute une rame de RER. Il n'y aura pas de rappel, mon public s'en est allé à vive allure.

Il n'y aurait pas non plus de nouvelle représentation. Je sors mon porte-monnaie de mon sac. J'ai assez d'argent pour payer la course d'un taxi jusque chez moi. Personne dans le quartier ne me verra dans cette tenue.

Reste le problème de ce chariot. Mon minable compagnon de voyage, lourdaud, gras et impotent. Regardez-moi ça. On dirait qu'il attend bêtement que je décide de son sort. Qu'est-ce que je vais faire de toi ? Je ne suis pour rien dans ton malheur après tout ? C'est toi qui t'es accroché à moi, pour ainsi dire.

Comment en suis-je arrivée là ? Comment aurais-je pu imaginer ce matin en me maquillant devant ma glace que je finirai la soirée dans cet état et en compagnie de cette épave ? Regardez cette tenue.

Comptes-tu que je te ramène avec moi ? Tu t'es vu ? Mais pour qui me prends-tu ? Je ne vais quand même pas payer au chauffeur de taxi la surtaxe de bagage. Et puis, tu crois qu'il acceptera de te laisser monter dans sa voiture avec une dame comme moi ? Pauvre loque. Lâche-moi maintenant. Tu m'as causé assez d'ennuis. Tu entends ? Reste où tu es. N'essaie pas de me suivre ou je hurle. Pauvre imbécile, minable, déchet...

Octobre 2010

Le Pyrèthre de Dalmatie

— Arrête ! Arrête de tirer.

— Je ne peux pas arrêter. Il faut en finir.

— Mais on n'en sortira jamais. Ils sont trop nombreux.

— Si j'arrête maintenant, ensuite il sera trop tard. Il y en aura partout. J'en ai déjà tué une dizaine. Et il y en a d'autres qui sortent. On ne les voit pas tout de suite. On croit qu'on les a tous zigouillés, mais en fait, il en reste. Ils se cachent. Ça grouille là-dedans. Je vais les éliminer un à un, jusqu'au dernier.

— On n'en viendra jamais à bout. Tu perds ton temps.

— Regarde, en voilà un autre. Je ne l'ai pas raté.

— Aïe ! Aïe ! Arrête ! Arrête de tirer.

— Pas de chichi

— Arrête de tirer maman, j'ai trop mal.

— Ferme les yeux ma chérie et bouche-toi le nez. Je vais leur envoyer la bombe, les pulvériser. Je vais mettre le paquet cette fois. Ils seront bien obligés de se montrer. Ensuite, je passerai tout cela au peigne fin. Je vais les écraser les uns après les autres, les vider de leur sang. Ça va être un massacre.

— J'en ai marre maman.

— N'ouvre pas la bouche ma puce, sinon toi aussi tu vas ingurgiter de cette saleté. C'est sacrément toxique.

— *Du godillot jusqu'au calot, la vacherie des totos… c'est la gratouilleeeette…*

— Ben alors ! Qu'est-ce qui te prend papi ?
— *Du godillot jusqu'au calot, la vacherie des totos…*
— Voilà que ton grand-père chante tout seul maintenant. Lui qui parle si peu d'habitude. Ne fais pas attention ma chérie.
— C'est quoi un godillot maman ?
— C'est une chaussure. Un gros soulier.

— *Du godillot jusqu'au calot, la vacherie des totos…*
— Voilà que ça le reprend ! Il n'a plus toute sa tête tu sais, à son âge…
— Aïe, arrête de tirer maman, ça fait trop mal.
— Arrêtez de tirer ! Cessez-le-feu, bas les armes, ça suffit !
— Voyons papa qu'est-ce qui te prends de crier comme cela. Tu nous as fait peur.
— Arrête le massacre. Cesse de faire souffrir cette enfant. Tu ne vois pas que tu lui fais mal.
— Mais papa, je n'y peux rien, ses cheveux sont emmêlés. Le peigne se coince dans les nœuds, donc forcément ça tire un peu.

— Un peu ! Tu veux rire maman. J'ai l'impression que tu m'arraches les cheveux à chaque coup de peigne.

— Cesse donc de torturer ma petite fille, veux-tu. Ce n'est pas en t'y prenant ainsi que tu y arriveras.

— Je voudrais t'y voir toi. Si je ne m'en débarrasse pas maintenant, elle va nous en refiler à tous. Toi t'es tranquille t'as plus un poil sur le caillou.

— Quel caillou maman ?

— Sur le crâne. On dit le caillou pour parler du crâne quand il n'y a plus un seul cheveux dessus. Comme sur la tête à papi.

— Je n'ai pas toujours été comme ça ma puce. Des cheveux, j'en avais à l'âge de ta maman. Et la barbe aussi. Longue la barbe. Si longue que je la peignais comme si c'était une chevelure.

— Et pourquoi est-ce que tu l'as rasé ta barbe ?

— Parce que moi aussi j'en avais marre de passer et repasser le peigne dedans, de tirer sur ces poils et de passer mes nuits à me gratter le menton.

— Pourquoi tu te grattais le menton ?

— Pourquoi tu te grattes la tête toi ?

— Mais parce que j'ai des poux papi.

— Eh bien, je me grattais pour la même raison.

— Tu avais des poux dans ta barbe ?

— Ah, s'il n'y avait que la barbe ! J'en avais sous les bras aussi, entre les jambes, dans le dos, jusque dans mes chaussettes. « *Du godillot jusqu'au calot, la vacherie des totos… c'est la gratouilleeeette…* »

— C'est quoi un calot papi ?

— C'est un chapeau militaire. Des godillots jusqu'au calot ça veut dire des pieds à la tête quoi. Sur tout le corps que j'avais des poux.

— Beurk ! C'est dégoutant. Tu ne te lavais jamais papi ou quoi ?

— C'est-à-dire qu'à l'époque on n'avait pas l'eau courante. On se faisait la toilette dans une bassine en émail et avec l'eau de pluie encore, quand il pleuvait.

— Qu'est-ce que tu racontes à ma fille papa ? Elle va croire que son grand-père était un clochard.

— Tu dormais sur les trottoirs papi ?

— Non, pas sur les trottoirs. Mais je dormais à même le sol. On n'avait pas de vrais lits. On s'allongeait par terre, dans la boue parfois même.

— C'est dégoutant papi de dormir dans la boue.

— De quoi nous parles-tu papa ? Tu vas faire peur à ma fille avec tes histoires.

— Ce ne sont pas des histoires c'est la vérité. On dormait dans la boue les soirs de pluie. On gardait nos souliers aux pieds. Cela prenait trop de temps de les délasser. Autant dire que je passais ma nuit à me gratter. J'avais les chevilles en sang.

— Quelle horreur ! Si tu veux la dégoûter des poux c'est réussi. Après cela elle me laissera peut-être lui passer le peigne.

— Sinon j'en aurai sous les bras moi aussi maman ?

— Mais non ma chérie. Papi dit des bêtises pour te faire peur.

— Ce ne sont pas des bêtises. Je sais très bien de quoi je parle. Je ne suis pas aussi gâteux que tu voudrais le croire. Des poux on peut en attraper sur tout le corps. Mais rassure-toi ma puce, ce ne sont pas les mêmes que ceux qui grouillent sur ta tête. Je parle des poux de corps. Aujourd'hui, on n'en attrape plus.

— Tu es bien expert en poux. Comment est-ce que tu sais tout cela papi ?

— Je suis devenu un expert en parasites. En poux, en puces, en cafards aussi, et même en rats.

— De mieux en mieux. Tu nous avais bien caché tout ça papa.

— Non, je n'ai jamais rien raconté à personne. Pas même à ta pauvre mère.

— Mais qui t'a appris toutes ces choses papi ?

— J'ai appris tout seul, sur le terrain pour ainsi dire. J'ai appris à reconnaître ces bestioles, à les chasser, à les débusquer sur moi comme sur les autres.

— Tu veux dire comme les mamans-singes.

— Exactement. Sauf que moi ce n'était pas sur ma fille que je menais la chasse aux poux mais sur mes camarades. On s'épouillait les uns les autres, sans pudeur, sans éprouver de gêne, je veux dire, tellement on en avait ras-le-bol de ces satanées bestioles. Tiens, un jour on en a tellement eu marre de se gratter jusqu'au sang que j'ai proposé aux autres de nous en débarrasser une fois pour toutes.

Il se trouve que l'on n'avait que ça à faire. Des semaines qu'il ne se passait rien. Pas un mouvement à l'horizon, calme plat. Or, les démangeaisons sont d'autant plus insupportables lorsque rien ne nous en divertit. Quand on est occupé à une activité, on oublie un instant ces irritations. Mais lorsque l'on s'ennuie, alors on ne pense qu'à cela. Plus on y pense, plus on se gratte, plus on se gratte, plus ça fait mal. Donc, j'ai proposé que l'on profite de l'inactivité qui était la nôtre pour s'attaquer résolument à ce fléau. Il s'agissait d'employer tous les moyens possibles pour éliminer cette vermine.

Comme j'avais eu l'idée de cette grande offensive, il était normal que j'en sois le chef. Aussi, j'ai pris les commandes de l'opération. J'ai rassemblé les volontaires pour évaluer l'ampleur de nos troupes. Nombreux sont ceux qui ont accepté de se lancer dans cette lutte à mes côtés. Certains, par haine de cet ennemi sournois, d'autres par simple désœuvrement. Toutes les bonnes volontés étaient les bienvenues tant notre tâche s'annonçait difficile face à un adversaire supérieur en nombre.

Ensuite, j'ai ordonné qu'on évalue l'état de nos armes et munitions. Ce n'était pas brillant. Je répertoriais des brosses à chaussures, des lampes de poche, des peignes aux dents cassées, un peu d'huile, quelques brins de lavande que la fiancée de l'un d'entre nous glissait régulièrement dans ses lettres, enfin, une bouteille de vinaigre obtenue en laissant tourner ce vin infâme qu'on essayait de nous faire boire ici pour nous donner du courage.

À mon signal, tout le monde s'est mis à poil. Personne n'a fait de manières. Nous étions entre hommes. Et puis personne ne pouvait nous voir dans notre trou. On nous aurait pris pour des fous. Trois d'entre nous ont rassemblé les habits avant de les plonger dans la marmite remplie d'eau bouillante qu'on avait empruntée au cuistot. Il n'a pas fait d'histoires, parce que des bêtes on en retrouvait parfois jusque dans sa soupe.

Ensuite, j'ai rassemblé mes hommes en binômes. Je leur ai donné l'ordre de se frotter l'un l'autre à tour de rôle avec une brosse à chaussures et du savon de Marseille. Dans le dos, sous les bras. Partout où on a le plus de mal à les débusquer. Ils en avaient la peau rouge tellement que les poils de ces brosses étaient durs. On a fait un vrai carnage sur ce terrain. À découvert, si j'ose dire, ils étaient une proie facile.

Le combat le plus rude a eu lieu dans les tignasses. Une première équipe de volontaires s'est chargée de défricher le terrain à grands coups de ciseau, sans faire de chichis. L'artillerie est passée ensuite à l'action. Elle a déversé des flots de vinaigre acide sur toutes les têtes, sans répit pour l'ennemi qui fuyait de toutes parts. À l'affût, les fantassins faisaient un carton, explosant cette vermine entre leurs ongles. Un véritable bain de sang que ça a été. Il en sortait de partout. Une véritable débandade.

Au cesser le feu, chacun s'est amusé à dénombrer le nombre de victimes qu'il avait à son actif. C'était l'euphorie dans les rangs. Mais j'ai remis de l'ordre là-dedans. Il était trop tôt pour crier victoire. Il fallait finir le boulot. C'était au tour des ratisseurs de se mettre au travail. Armés de peignes, ils sillonnaient le terrain à la recherche des embusqués, les faisant sortir de leur cachette avant de les tuer un à un. Pas de prisonniers, tel étaient mes ordres. Le combat a duré deux heures. Il s'est conclu par une victoire sans appel sur l'ennemi.

C'était la plus grande bataille que nous ayons menée après de longues semaines d'inaction. Mes hommes laissaient éclater leur joie, criaient et chantaient à tue-tête : « *Du godillot jusqu'au calot, la vacherie des totos…* » Si bien que de l'autre côté ils ont dû penser que l'armistice avait été signé. Mais en l'occurrence, il n'en était rien. La guerre n'était pas finie. Je le rappelais à mes hommes. Il convenait de rester vigilant, de ne pas relâcher notre attention.

Aussi, pour prévenir une éventuelle contre-attaque, j'ai demandé au cuistot de nous préparer une décoction de lavande afin que chacun s'en asperge le crâne pour décourager le retour de ces parasites. Mais nous n'avions pas assez de lavande pour produire une lotion efficace. Il nous fallait trouver une autre solution pour nous débarrasser définitivement des totos.

Alors, j'ai réuni un conseil de guerre avec mes meilleurs hommes pour déterminer la stratégie à adopter. Chacun, en fonction de son expérience personnelle a proposé une solution. De milieux et d'origines différentes, chacun avait le souvenir d'une méthode qu'employait sa mère ou sa grand-mère pour venir à bout du fléau. Chacun proposait sa concoction, garantissant sa totale efficacité. Mais, celles-ci, souvent peu ragoûtantes, étaient composées d'ingrédients que nous n'avions pas sous la main. C'est alors que l'un d'entre nous, qui n'avait pas encore dit un mot, ricanant dans son coin des propositions farfelues de ses camarades, se leva pour prendre la parole. Il nous affirma que lui, en sa qualité de botaniste dans le civil, avait la solution. Il connaissait l'arme qui nous permettrait de remporter définitivement cette bataille. Une arme redoutable et implacable qui éliminerait définitivement la vermine, sans faire de quartier. On voyait à sa façon de parler et de nous tenir en haleine qu'il avait de l'instruction. Lui au moins avait fait des études. Nous étions tous suspendus à ses lèvres. Une arme qui ne coûte rien, ajouta-t-il et que l'on trouve en abondance dans le coin en cette saison. Il se faisait fort d'en tirer une poudre avec laquelle les parasites seraient définitivement chassés hors de nos lignes.

— Mais qu'elle est donc cette arme si terrifiante, l'interpellais-je irrité par sa façon de faire durer le suspense ?

— Cette arme, reprit-il solennellement, la plus impitoyable qui soit pour éliminer ces salles bêtes n'est autre que "le pyrèthre de Dalmatie."

— Pardon ! Quelle est cette chose ?

— De son nom latin, le "*Tanacetum Cinerarifolium*", est une plante herbacée vivace de la famille des Astéracées, ajouta-t-il pour nous impressionner davantage. Il s'agit du nom savant d'une variété de chrysanthème. C'est une marguerite en somme.

À ces mots, les rires ont aussitôt changé de camp. Les autres pouffaient sans retenue. Et, n'eut été mon rang, je me serais volontiers joint à eux. Mais notre expert en fleurs ne se démontait pas pour autant. Après avoir remonté ses lunettes sur son nez, il affirma qu'une certaine variété de marguerite était exploitée depuis bien longtemps déjà comme insecticide naturel. Il se faisait fort de l'identifier, de la collecter et d'en extraire le composant actif sous forme d'une poudre qu'il suffirait de répandre dans les cheveux et sur le corps de chacun d'entre nous. Le ton professoral qui était le sien, l'air outré qu'il prenait face à la réaction des autres ne faisait qu'accentuer l'hilarité générale. Pour remettre de l'ordre dans la troupe, je levais la séance et remettais à plus tard ma décision quant aux suites à donner à notre action.

Le soir, les hommes, revêtus d'habits propres et secs, se sont rassemblés autour de moi. J'avais pris du galon après la réussite de cette offensive décisive. À la demande générale, debout sur une chaise, je me suis adressé à mes troupes. Alors, imitant nos supérieurs, je me suis lancé dans un discours solennel :

— Mes chers camarades, je vous ai réuni ce soir au terme d'une longue journée de lutte pour marquer comme il se doit la victoire éclatante de nos forces armées sur l'ennemi. Nos troupes ont fait preuve de courage et d'héroïsme au cours de cet assaut décisif. Sans faiblir, vous avez combattu jusqu'aux limites de vos forces pour anéantir cette vermine assoiffée de sang qui venait s'abreuver jusque dans nos sillons capillaires. De longue lutte, nous avons reconquis le terrain trop longtemps abandonné à l'envahisseur. Nous l'avons chassé avec la férocité d'hommes meurtris dans leur chair. Au prix d'un combat acharné, nous avons retrouvé notre dignité. C'est pourquoi, afin de marquer cette date d'une pierre blanche, je vous annonce ma décision de décréter fête nationale le jour anniversaire de cette victoire historique. Hourra de la foule ! Je réclame le calme, l'obtiens et reprends :

— À cette occasion, nous commémorerons le souvenir de cette terrible bataille. Le souvenir d'un combat acharné et longtemps incertain que nous avons livré sans faiblir jusqu'à l'assaut final et victorieux. Chaque année, nous rendrons ainsi hommage aux forces armées qui nous ont permis de repousser l'ennemi. Ce jour sera l'occasion pour nous de nous remémorer le péril encouru et les sacrifices consentis afin de garder notre vigilance en éveil face à la menace toujours présente d'une nouvelle invasion. Chers camarades, en fonction des pouvoirs qui me sont conférés, je décrète à l'avenir ce jour férié. Hourra de nouveau.

— Journée chômée pour tous, relâche dans les rangs, suspension des corvées. Un défilé viendra marquer le point d'orgue d'une fête qui s'achèvera à la nuit tombée par un tir de salve en guise de feu d'artifice.

Acclamations générales. Je fais un triomphe. Qu'est-ce qu'on a pu rigoler ! C'est vous dire comme on s'ennuyait dans ce trou et combien alors nous avions abandonné tout espoir d'en sortir dans un avenir proche. Il fallait bien passer le temps.

Mais notre joie fut de courte durée. Deux jours plus tard, les totos étaient de retour. Dans la promiscuité de notre boyau où l'on dort les uns contre les autres, ils n'ont pas tardé à reconquérir le terrain perdu. Tout était à refaire. Tant d'efforts pour rien.

Le moral n'y était plus. Mes hommes n'avaient plus la volonté de repartir à l'assaut une nouvelle fois. C'est alors que notre botaniste est sorti des rangs.

— Je ne connais qu'un moyen de remporter cette bataille, affirma-t-il.

— Oui, oui, on sait, lui répondit un homme qui se grattait frénétiquement le crâne, en combattant *« la fleur au fusil ! »* Des rires moqueurs accueillirent cette repartie. Mais notre savant ne se démontait pas, restait droit et fier au milieu de cette troupe d'avachis.

— Je vous propose une solution radicale, ajouta-t-il, qui vous permettra enfin de retrouver le sommeil après toutes ces nuits passées à vous gratter jusqu'au sang.

— Mais où vas-tu les trouver tes marguerites, lui rétorqua l'un d'entre nous ?

— Tout près d'ici, lui répondit-il, nous sommes en pleine saison. J'en ai aperçu lors de notre dernière sortie.

— Parce que tu as le temps de cueillir des marguerites dans ces moments-là toi ? Ce n'est pas avec une armée de botaniste qu'on va gagner la guerre ! Conclut-il pour provoquer une nouvelle fois un éclat de rire général. Mais notre savant s'obstinait :

— J'affirme être en mesure de remporter seul cette guerre-là et de nous débarrasser de cette vermine.

— Va donc effeuiller la marguerite, lui ai-je rétorqué. Et songe, si ses pétales te sont de mauvaise augure, qu'à t'exposer ainsi, ta blonde aura bientôt une bonne raison de se laisser compter fleurette par un planqué !

Tous riaient de bon cœur désormais. Lui, visiblement offusqué par ma plaisanterie, ne prononça pas le moindre mot. Avec des gestes lents, il entreprit de rassembler ses effets. Il enfila sa vareuse, coiffa son casque et ajusta sa tenue. À l'équipement réglementaire il ajouta une gamelle, dans laquelle, je le compris trop tard, il escomptait rassembler ses fleurs. Avant même que nous ayons eu le temps de réagir, il escaladait l'échelle et franchissait le talus derrière lequel il disparut à notre vue.

Quand bien même les deux camps s'accordaient-ils une trêve tacite depuis plusieurs semaines, tenter une sortie en plein jour était pure folie. Que voulait-il nous prouver en agissant ainsi ? Je me précipitais au poste d'observation. Je le repérai bientôt à l'aide de mes jumelles et commentai sa progression à mes camarades embusqués derrière moi.

Il avançait lentement en rampant droit devant lui. Il faut reconnaître qu'il avait du cran cet intellectuel lorsqu'il s'agissait de faire la leçon à ces bouseux de la troupe. Eux qui dès les premiers jours l'avaient pris en grippe en raison de ses manières. Il évitait les obstacles et les trous du terrain, s'arrêtant lorsqu'il rencontrait une fleur pour l'examiner et la cueillir si elle correspondait à la description qu'il nous avait faite de cette marguerite. Sa passion l'emportant sur la prudence, il continuait sa quête tout en s'approchant dangereusement des barbelés derrière lesquels l'ennemi protégeait jalousement sa flore. Je ne pouvais l'appeler, l'enjoindre à rebrousser chemin sans risquer d'attirer l'attention sur lui. Mais sans doute avait-il collecté suffisamment de ces maudites marguerites, car il fit demi-tour et entreprit de revenir vers nos lignes. Je respirais, soulagé de voir rentrer sain et sauf celui qui, en partie par ma faute, venait de prendre tant de risques.

Je rassurais mes camarades d'autant plus angoissés que depuis leur position ils ne pouvaient rien voir. C'est alors qu'une effroyable détonation déchira soudain la quiétude de cette paisible plaine. Les mots restèrent noués dans ma gorge. Au silence glacial qui recouvrit l'écho fuyant de la déflagration, les hommes comprirent ce qu'il advint du malheureux. À travers l'optique de mes jumelles, je vis notre camarade se redresser lentement comme dans une tentative désespérée pour s'enfuir. Puis il retomba lourdement sur le dos, laissant se déverser sur sa poitrine ensanglantée cette variété de chrysanthème pour laquelle il venait de sacrifier une carrière prometteuse de botaniste.

Nous avons riposté sans nous poser de questions. Finie la rigolade. Finie l'oisiveté. On ne leur a pas accordé de répit. Nous avons laissé exulter notre colère. Dans le feu de l'action on n'a pas le temps de gamberger, on ne pense à rien. Plus tard, le calme revenu, la moindre démangeaison nous rappelait son souvenir. Comme s'il revenait nous hanter jusque sur nos paillasses. Mais là, le fusil en joue, on tiraillait à tout va. C'était l'heure de la grande contre-attaque. Ils allaient voir ce qu'ils allaient voir.

On a commencé par envoyer la moutarde. Prescription chimique. C'est radical ça la moutarde. Traitement de choc. On les a copieusement aspergés. C'était la débandade là-dedans. Il fallait la voir la vermine. Il en sortait de tous les côtés. Alors on canardait sans pitié ceux qui avaient réchappé à cette pulvérisation mortelle. On a fait un carton comme à la fête foraine.

Puis, le temps de laisser se dissiper les effets du produit toxique, nous sommes passés à la deuxième phase, pour en finir une bonne fois pour toutes avec ces parasites qui viennent sucer notre sang jusque dans nos campagnes. Au signal, tout le bataillon s'est jeté à l'assaut des sillons où étaient tapis les survivants. Il s'agissait de les débusquer un à un. On a tout passé au peigne fin, embrochant avec rage ceux que l'on trouvait. Ça a été un carnage. On les a écrasés sans pitié. Ce n'était pas beau à voir. On avait du sang sur les mains. Tous les recoins ont été nettoyés. Assainissement total.

Puis, comme si le ciel se faisait notre allié, des trombes d'eau se sont abattues sur nous. Elles ont tout lessivé, emportant le poison qu'on avait aspergé, le long de rigoles submergées par des ruisseaux rouges du sang de cette vermine.

— Papa s'il te plaît. Tu crois que c'est le bon moment pour nous raconter tout ça ?

— C'est quoi cette vermine dont tu parles papi ?

— Les Teutons, euh, les totos. Ce sont les poux bien sûr. Je te parlais des poux ma chérie…

14 novembre 2011

Arbitrage vidéo

Allez, tu nous repasses l'action au ralenti.

— Ok. La balle dans les pieds de Zlatan qui transmet à Griezmann. Griezmann qui dribble un joueur, puis deux et passe à M'Bappé qui arme son tir, mais est contré par Cavani. Cavani qui repart en contre et démarque Messi au centre. Messi qui trouve Ronaldo sur sa droite, Ronaldo qui efface un joueur adverse d'un passement de jambes et qui déborde sur l'aile à toute vitesse, il centre dans l'axe sur la tête de Drogba qui marque ! But ! Oui magnifique but malgré la parade désespérée de Neymar…

— Ben les gars ! C'est quoi ce travail ! Vous êtes en service je vous signale. Vous n'êtes pas payés à regarder du foot. Allez, chacun regagne son bureau et au boulot.

— Oui commissaire, tout de suite.

— Reprenons. Je résume : tu dis que tu t'appelles Mamadou et que tu as dix ans. Pourtant, à ton âge tu traînes dans les rues parmi tes copains qui tous te surnoment Didier. Tu prétends que c'est parce que tu es fan du joueur Ivoirien Didier Drogba. D'ailleurs, tu portes quotidiennement son nom dans le dos depuis que ton père t'a acheté le maillot officiel de l'équipe nationale. Beau cadeau ! Et ceci, évidemment, avec son salaire d'employé municipal à l'entretien des rues.

Bien sûr, tu n'as aucun document sur toi prouvant ton identité. Excepté cette carte de collection de joueurs de foot à l'effigie de ton idole trouvée dans tes poches. À vrai dire, sans vouloir te faire de la peine, mis à part la couleur de peau, tu n'as pas vraiment de traits de ressemblance avec lui.

Tu ne veux pas que l'on te ramène chez toi car ta mère t'avait interdit de sortir aujourd'hui en raison de tes mauvais résultats scolaires. Tu préfères peut-être que l'on te garde au poste ? Si ça se trouve, elle nous en sera reconnaissante. Voilà sans doute la leçon que tu mériterais pour lui avoir désobéi. Pour avoir laissé tes frères et sœurs seuls à la maison pendant que leur mère trimait. Et tout ça afin d'échanger une poignée de cartes que tu avais en double contre celle de ton joueur préféré, si rare parait-il. Quand elle saura qu'avant de braver son interdiction de sortir tu as dérobé les cartes qu'elle t'avait confisquées ! Toute ta collection que tu as retrouvée dans une boite en fer-blanc caché au-dessus du buffet de la cuisine… Ça va aggraver ton cas mon bonhomme.

Tu dis que tu as enfreint l'autorité de ta mère parce que, selon toi, aujourd'hui mercredi, est le seul jour de la semaine où tu peux échanger tes cartes avec tes copains. La directrice de l'école aurait interdit à ses élèves de les emmener en classe. Entre nous, si tu passes plus de temps à troquer tes cartes qu'à étudier, je comprends que ta mère ait peur de te voir redoubler ton CM2. Toi qui rêves de devenir un joueur professionnel et de porter un jour le maillot orange de ton joueur préféré, tu as plus de chance de faire carrière sous le gilet vert fluo de ton père.

Mais tout cela n'est rien à côté de ce qui t'es reproché. Deux agents de police en patrouille ont été alertés par des éclats de voix provenant du chantier de la future médiathèque. Pour intervenir, il leur a fallu se glisser par le trou que vous aviez pratiqué en tordant par le bas la palissade métallique qui interdit l'accès à ce lieu. Là, ils se sont interposés entre deux groupes de jeunes garçons engagés dans une violente bagarre. Il n'a pas été simple pour ces agents de rétablir le calme au sein de cette mêlée déchaînée.

Une fois les esprits apaisés, mes collègues ont essayé d'obtenir des explications sur les raisons de cette bagarre. Là, tout le monde avait son mot à dire, mais en même temps que les autres et dans une cacophonie d'invectives et d'injures. Alors, pour vous ramener à la raison, les agents de police assermentés vous ont exposé la nature des délits dont vous vous êtes rendus coupables : intrusion par effraction dans un lieu privé avec dégradation de matériel. Utilisation sans autorisation d'outils de chantier pour délimiter un terrain de foot et la longueur des buts des deux équipes. Bruit et tapage sur la voie publique.

L'énoncé a eu son effet, au-delà de leurs espérances : silence total ! Impossible d'obtenir d'explications d'aucuns d'entre vous. Vous n'en meniez pas large. Alors, mes collègues ont choisi de changer d'approche : ils vous ont proposé de passer outre le délit que vous aviez commis en pénétrant sur ce terrain vague et d'ignorer l'emploi que vous aviez fait du matériel de chantier à condition que vous le remettiez en place et ceci contre une explication calme et posée des raisons de cette bagarre. Résultat : silence assourdissant ! À croire que vous n'aviez pas la conscience tranquille. Alors, puisque personne ne se dévouait pour parler : nouveau changement de ton. Mes collègues ont désigné les deux plus grands de la bande, ceux qui étaient au cœur de la mêlée et ont décidé de les conduire au poste.

Te voilà devant moi pendant que ton camarade s'entretient avec un autre agent de police dans le bureau d'à côté. Cela fait maintenant une demi-heure que nous sommes ensemble. Il va se faire tard. Il sera bientôt l'heure pour un garçon de ton âge de rentrer chez lui. Je relis ta déposition :

« Moi, Mamadou Drogba, âgé de 10 ans, sain de corps et d'esprit, je déclare que ce mercredi 25 juin après-midi, j'ai

décidé avec les copains de faire une partie de foot sur le chantier de la future médiathèque.

J'affirme que le stade municipal il était occupé par les grands et que c'est pour cela qu'on est allé sur le terrain vague du chantier de la médiathèque où les ouvriers il y a longtemps qu'ils ne viennent plus travailler.

Je prétends que ce n'est pas nous qu'on a fait le trou sous la palissade parce que tous les jeunes de la cité ils y passent sous cette palissade.

J'ajoute qu'on est pas venu pour casser et qu'on voulait seulement jouer au foot.

Ce qui c'est passé, c'est que la partie elle a pas commencé tout de suite. On a discuté les règles, les limites du terrain, la durée du match. Personne il était d'accord.

Après on a fait les équipes et ça n'a pas été simple non plus vu qu'on étaient quinze donc un de trop pour faire deux équipes égales.

C'est là que Messi il a fait sa crise.

Lui on l'appelle comme ça parce qu'il porte le maillot avec le numéro 10 de l'attaquant du Barça et un peu pour se moquer aussi parce que lui aussi il est le plus petit de taille sur le terrain.

C'est pour ça que personne il veut de lui dans son équipe.

Mais comme y a que lui qui a une montre c'est bien pratique pour arbitrer la durée de la partie.

On a tous décidé à sa place qu'il serait remplaçant puisqu'il a pas voulu jouer gardien de but.

Ça c'est toujours un problème les gardiens de but. Personne ne veut jamais faire le goal. Tous ils veulent être attaquants. Alors on a décidé de tirer au sort deux goals volants qui auront le droit d'attaquer et de marquer des buts comme les autres.

Mais les deux là ils étaient pas contents quand même et ils ont fait des histoires avec les cages comme quoi elles étaient pas de la même largeur.

Y en a un qui faisait que rapprocher sa brouette de son sac de ciment parce que l'autre il fait pareil avec sa pelle et son casque de chantier.

Moi j'ai mesuré quatre pas avec mes jambes parce que je suis le plus grand et tout le monde il a été d'accord.

La partie elle a enfin commencé. Mais le terrain ce n'était pas ça parce qu'avec leurs engins ils ont tout labouré les ouvriers. Il y a des trous et des bosses et en plus c'est en pente. Mon équipe était du mauvais côté et c'est pour ça qu'on a vite pris deux buts.

À la mi-temps j'ai dit qu'on devait changer de camp parce que c'était pas juste et alors ça a plus été pareil. La preuve, Ronaldo il a signé un doublé.

C'était chaud. Il restait que quelques minutes à jouer à la montre de Messi. Y avait de l'engagement car personne ne voulait lâcher le morceau. C'est là qui a eu l'action litigieuse.

On s'est tous lancé à l'attaque avec mes potes. On les a mystifiés en jouant tout en passe et en vitesse. Sur ma vie voilà comment ça s'est passé monsieur : la balle elle arrive à Messi qui passe à Ronaldo démarqué sur la droite, qui dribble et élimine son vis-à-vis d'un passement de jambes, déborde sur *l'aile droite et adresse un centre millimétré au premier poteau que Drogba reprend d'un magistral coup de tête piquée pour propulser le ballon dans le but adverse et inscrire le point de la victoire. trois à deux. »*

— Bien joué Didier ! Mais sur ce point ta déposition diverge de celle de ton camarade qui lui jouait dans l'équipe adverse.

Il prétend que bien que votre offensive collective et coordonnée ait surpris la défense d'en face, le rapide repli défensif de leur goal volant lui a permis d'effectuer une parade déterminante sur la ligne imaginaire qui allait de la pelle au casque de chantier. Malgré le rebond, dans un réflexe désespéré, il serait parvenu à stopper la balle avant qu'elle ne finisse sa course dans le tas de sable posé derrière sa cage sans filets. Que réponds-tu à ça Didier ?

— C'est là qu'il y a eu embrouille monsieur.

— Oui, je reprends ta déposition.

« Avec les copains on s'est jeté dans les bras et roulé dans la boue tellement qu'on avait planté un beau but. Mais eux ils ont pas été sport du tout. Que la balle elle aurait pas franchi la ligne qu'ils disaient. Mais la vérité c'est que le gardien il a arrêté la balle dans ses cages. Même qui avait la trace de son plongeon dans la terre. Je l'ai bien vu et tout le monde il l'a vu comme moi sauf qu'ils avaient pas envie de perdre la partie après avoir mené deux à Zéro. Il y avait trop d'enjeux et personne il voulait lâcher l'affaire. Le ton il est monté, ya a

eu des gestes, on s'est bousculé et des coups de poings y sont partis.

C'est à ce moment m'sieur que les keufs y sont arrivés avec leurs sifflets pour nous séparer. »

— Difficile de démêler le vrai du faux dans cette histoire, Didier. Cependant, il me faut te rappeler que nous ne sommes pas là pour arbitrer une partie, mais pour juger de la nature d'un délit. Nous ne sommes pas des juges-arbitres licenciés à la fédération française de football, mais des agents de l'ordre public chargés de déterminer si vous avez commis une faute, si vous avez franchi la ligne, si vous vous êtes mis hors-jeu par votre attitude sur ce terrain de foot improvisé. Alors, il ne s'agit pas de nous la jouer façon Drogba, Mamadou. Il ne faut pas essayer de nous feinter, de la jouer en finesse avec tes dribbles et autres passements de jambes pour mieux nous mettre dans le vent. On n'a pas vu ce qui s'est passé sur ce terrain. Mes collègues sont arrivés trop tard sur le lieu de l'action pour prendre une décision à chaud. Mais on veut connaître la vérité pour décider si on en reste au simple avertissement sans frais où s'il nous faut prendre une décision… d'expulsion !

— Mais monsieur, c'est pas juste. J'ai rien fait de mal. On voulait seulement jouer au foot. Je veux rentrer chez ma mère moi, dans la cité. C'est là que j'habite. J'ai jamais quitté le quartier. Je suis né ici comme mes frères et sœurs. J'ai jamais mis les pieds en Côte d'Ivoire. Je sais même pas où c'est sur une carte. Je connais que l'équipe nationale et ses joueurs que je vois à la télé.

— Calme-toi Didier, enfin, Mamadou. Tu va rentrer chez toi. Je suis juste là pour te rappeler les règles. Quand on connaît les règles et qu'on les respecte il n'y a pas d'embrouilles.

L'important est de ne pas commettre une injustice, tu comprends. On n'est jamais à l'abri d'une erreur d'arbitrage qui peut être lourde de conséquence pour la suite de la partie. Nous sommes des hommes sous nos uniformes. Nous ne sommes pas infaillibles. On peut se tromper comme tout un chacun. Bien que nous soyons vigilants dans l'exercice de nos fonctions, il ne nous est pas possible d'avoir l'œil sur tout.

C'est sans doute pour cela qu'en haut lieu ils ont décidé de nous aider. Pas en augmentant nos effectifs comme le syndicat le réclame depuis des années, mais en équipant la ville de tout un réseau de caméras de surveillance. Si bien que nous sommes moins présents qu'avant sur le terrain. Du coup, on n'est pas toujours là au bon moment, dans le feu de l'action. Désormais, il y a presque plus d'agents occupés à contrôler les écrans du centre de surveillance qu'à arpenter les rues de la cité. Si ça se trouve, dans une journée, je passe plus de temps

que toi devant un écran. Si ma mère savait ça…
Mais moi je suis grand maintenant.

Malheureusement les programmes que nous visionnons ne sont pas très divertissants : plans fixes sur une entrée de grand magasin, une sortie de métro ou celle d'une école. On s'ennuie ferme. Généralement, il ne se passe pas grand-chose. Mais cet après-midi, grâce à toi et à tes copains, nous avons eu droit à un spectacle plus intéressant. Un match retransmis en direct depuis la caméra qui surveille toujours les abords de cet immeuble insalubre plusieurs mois après qu'il ait été détruit pour laisser place à la future médiathèque. Je peux te dire que l'on a rien raté de la partie avec les collègues. Beau match en vérité. Et pour te dire, l'angle de la caméra nous a permis de juger avec précision de l'action litigieuse survenue en fin de partie. On a même repassé les images au ralenti. Et là, pas de doute Mamadou, t'as vraiment marqué un beau but.

Septembre 2012

La cabine d'essayage

J'ai pris le bus. Il relie notre quartier excentré au boulevard circulaire qui fait le tour de la vieille ville. Ensuite, j'ai continué à pied. J'ai marché par les rues, de plus en plus étroites, qui m'ont conduit, presque malgré moi, jusqu'aux ruelles pavées du centre historique. Me voilà sur l'artère principale. De part et d'autre de la chaussée des maisons à colombage se dressent au-dessus des plus belles vitrines de boutique de mode.

Le centre-ville ressemble à un décor de carton-pâte érigé pour une pièce de théâtre. Un décor qui ne sert qu'une fois par an, à l'occasion de la fête de Jeanne d'Arc. Quelques banderoles pendent encore au-dessus des passages étroits. Dernières traces des festivités qui se sont achevées il y a quelques jours. La ville a retrouvé son calme, les touristes sont repartis. Les bénévoles qui défilaient par les rues pavoisées en costumes d'époque ont remisé leurs déguisements pour se fondre dans la grisaille de leur triste quotidien. C'est aussi bien ainsi.

Qu'ils ne comptent pas sur moi pour chausser des sabots sur les pavés des voies piétonnes. Ces jours de fête sont une véritable épreuve. Les filles de mon âge font l'objet des plaisanteries les plus grasses. Avant que le comité d'organisation n'ait fait le choix d'une figurante officielle, les garçons jouent à élire parmi les plus niaises et innocentes jeunes filles, celles qu'ils jugent la plus digne d'incarner la pucelle. Celle qui aura le triste privilège d'arpenter la ville, revêtue d'une armure, sur le dos d'un cheval d'une blancheur virginale.

Cette fête plaît aux anciens, c'est sûr, mais les jeunes… Les ruines ce n'est pas leur truc. Le passé, ils s'en moquent. Ce qui les intéresse c'est le présent, l'actualité, la tendance. Et puis cela occupe les gens le temps d'une semaine. Après, la ville retourne rapidement à sa morosité.

La municipalité ferait mieux d'investir dans la création de lieux pour les jeunes. Excepté le cinéma, il n'y a pas vraiment d'activités pour eux. Leur passe-temps préféré consiste à déambuler par ces rues commerçantes, sans but, sans avoir même l'intention de faire le moindre achat, juste pour être au milieu de la foule. Tous les garçons et les filles semblent se donner rendez-vous le samedi sur ces voies piétonnes. Comme si toutes les rues y convergeaient, tel des ruisseaux coulant depuis la périphérie de la ville pour irriguer les voies piétonnes avant de se jeter dans la Loire qui traverse son centre.

Je n'échappe pas au courant. Il m'emporte malgré moi, au gré d'un ruissellement de badauds de plus en plus dense qui m'entraîne, me ballotte et m'étreint. Je panique. Il me faut échapper à ce flux incessant. Fuir au plus vite ces gens qui m'entourent, me pressent, me dévisagent, me scrutent. L'angoisse d'être emportée me submerge. J'ai peur de ne pas avoir la force de résister, de me retenir à une branche avant d'être engloutie par la foule. Je m'agrippe à une poignée de porte, l'ouvre et m'engouffre précipitamment à l'intérieur d'un magasin.

Je reprends mon souffle et m'apaise. Je regarde autour de moi. Je ne suis jamais entrée dans cette boutique auparavant. Je n'ai jamais osé. J'étais trop impressionnée par les tenues chics exposées en vitrine. Ces robes légères et affriolantes aux couleurs vives que mettent en valeur les formes parfaites des mannequins.

Le « bonjour » d'une vendeuse me fait sursauter. Elle me propose son aide. Prise de court, sans réfléchir, je lui désigne une robe en vitrine. Elle acquiesce, me fait patienter avant de m'apporter un modèle à ma taille. Puis elle m'accompagne au fond de la boutique, derrière une porte battante où je découvre, alignées de part et d'autre d'une pièce étroite, une dizaine de cabines d'essayage.

Je tire le rideau derrière moi. Mon angoisse se dissipe aussitôt.

Me voilà face au miroir. Je reste immobile, debout, les bras le long du corps. Je ferme les yeux pour mieux percevoir les bruits et les voix qui m'environnent. J'entends des pas, les allées et venues de personnes qui passent tout près de moi sans me voir. J'adore cette sensation de n'être là pour personne.

Je suis invisible. Je me suis absentée, j'ai échappé à cette foule oppressante et indifférente. J'ai trouvé un soupirail par lequel je me suis glissée jusqu'aux oubliettes de la cité. C'est comme si j'avais découvert un passage secret, une trouée hors du temps, un accès oublié depuis plusieurs siècles au cœur du centre historique. Une voie qui aurait échappé à l'investigation des archéologues, aux recherches des spécialistes de l'époque médiévale de cette cité.

La musique diffusée par la sono du magasin contribue à me détendre. La radio passe une chanson de Françoise Hardy. Son tube du moment. Un morceau que j'écoute en cachette de ma sœur aînée qui se moque toujours de moi : « Tous les garçons et les filles de mon âge... » Je peux enfin écouter cette chanson tranquillement, sans être dérangée par cette peste qui partage ma chambre. Cette cohabitation devient insupportable. Je ne peux rien laisser traîner. Je ferme mon bureau à clef. Elle serait trop tentée de mettre le nez dans mon journal. Dans la maison je n'ai pas un endroit à moi pour m'isoler. Dès que je m'enferme un peu trop long-temps dans la salle de bain, je peux être sûr que l'un ou l'autre va venir tambouriner à la porte. Dans cette cabine je suis enfin seule, libre de m'attarder plus longtemps si je le désire pour écouter cette chanson. Personne ne viendra m'importuner.

Je reste immobile face à ce grand miroir. Nous n'en avons pas d'équivalent à la maison. De toute sa hauteur il me renvoie le ridicule de mon accoutre-ment. Comment ai-je pu sortir en ville ainsi vêtue ? Encore heureux que je n'aie rencontré aucun garçon de mon école. Oserais-je jamais ressortir de cette cabine, de ce magasin pour affronter une nou-velle fois les regards des passants ?

Je pose la robe contre moi sans même l'ôter de son cintre. Je n'ai pas l'intention de l'essayer. À quoi bon. Jamais je ne pourrai la porter. Maman ne me laissera pas sortir avec une robe si courte et un dé-colleté si ample. Elle me considère toujours comme une petite fille. Si je l'écoutais, je porterais des soc-quettes à fleurs jusqu'à ma majorité.

Je dois être la seule fille de la classe à avoir des parents aussi rétrogrades. Mes camarades sont libres de s'habiller comme elles le souhaitent. Certaines osent même se maquiller. À côté d'elles, j'ai l'air d'une paysanne fraîchement débarquée de sa cam-pagne.

Pourtant, derrière cette robe je suis métamor-phosée. J'ai du mal à me reconnaître. Quel mal y a-t-il à découvrir ses genoux ? Si je sortais dans la rue avec cette robe je suis sûr que personne ne me reconnaitrait. Elle me donne deux ans de plus.

Je garde les yeux fermés encore un moment. Autour de moi des jeunes femmes entrent et sortent. Certaines passent en caisse, d'autre reposent les vêtements qui ne leur conviennent pas. Elles sortent de la boutique quand d'autres y entrent. La clientèle se renouvelle dans un flux continu. Dans la rue, le courant qui porte la foule pousse de nouvelles acheteuses jusqu'à ce bras de rivière où elles s'engouffrent par la porte vitrée de cet établissement. Ce flot incessant qui m'a ballotté et porté jusqu'ici, draine désormais une eau lavée du souvenir de ma présence, de l'impureté de ce corps disgracieux et mal accoutré. Derrière ce rideau, mon corps n'est plus souillé par les regards moqueurs que je sentais se poser sur lui au gré de sa dérive. Je suis bien. Pourquoi m'est-il si agréable de me retrouver dans cette cabine d'essayage ?

Personne ne sait que je suis là. Tout le monde a oublié cette jeune fille dégingandée croisée quelques instants plus tôt dans la rue.

C'est décidé. Je vais essayer cette robe. Pourquoi me priver de ce plaisir ? Je défais les lacets de mes baskets et les enlève en appuyant sur les talons. Je retire ces ridicules socquettes blanches à collerette et dévoile des pieds trop grands au bout de chevilles qui portent la marque rouge des élastiques.

Je fais glisser ma jupe jusqu'à mes pieds et dévoile des jambes trop blanches. Avec les beaux jours qui reviennent, il faudra que je retourne à la piscine et que j'ose m'exposer au soleil comme le font les copines au lieu de cacher jusqu'au cou mon corps dans l'eau. Maintenant, je déboutonne mon corsage, l'ouvre lentement sur ma poitrine avant de le laisser tomber en arrière. Je reste dans cette position, les bras derrière le dos, pour accentuer les formes que l'on devine à peine sous mon soutien-gorge.

Je dégrafe l'attache derrière mon dos. J'y réussis du premier coup. Je me suis longtemps entraîné dans la salle de bain, à la grande irritation de papa que je mets en retard pour son travail. Je serre les bras contre mon corps et plaque mes mains sur les bonnets pour les garder collés contre ma poitrine. Je reste un instant comme cela face au miroir.

« Montre-moi. »

Je sursaute et me retourne face au rideau qui n'a pas bougé. Mon cœur s'est emballé. Je tremble de tout mon corps. Je suis prise de sueurs. D'où vient cette voix grave et impatiente ?

Je respire et me calme. J'ai eu une de ces peurs ! J'appuie mon dos contre le miroir. Sa fraîcheur me glace. Mon corps est parcouru de frissons. Je souris.

Dans une cabine voisine de la mienne, le compagnon d'une cliente s'impatiente. Agacé que l'on sollicite ses conseils pour une séance d'essayage qui s'éternise. Je regarde au-dessus de moi pour m'assurer de mon intimité. Deux spots dirigent leur lumière vers moi. Seul mon regard se pose sur mon corps.

Calmons-nous. Je ne vais quand même pas me laisser gagner par le délire ambiant. Je serai la dernière à apporter du crédit à cette rumeur que certains colportent sans se poser de questions. Cette affaire prend des proportions ridicules. Dans la cour de l'école on raconte des histoires incroyables. Un sous-marin descendrait la Loire chargé d'une mystérieuse cargaison de caisses en bois. En pleine nuit, il rejoindrait la mer pour accomplir un très long voyage vers le moyen Orient. Désormais, tout le monde prétend avoir entendu parler de ces galeries d'un autre temps creusées dans le sous-sol du centre-ville. Et évidemment, l'une d'elles relie les quais à une arrière-boutique. Un de ces magasins aux vitrines affriolantes qui aguichent les passantes. Ces femmes qui ne peuvent résister au désir d'essayer ce vêtement qui les mettra en valeur et qui, pour s'en convaincre, s'isolent face au miroir d'une cabine d'essayage. À partir de là, tout le monde a son idée sur la façon dont ça se passe. Une trappe s'ouvre sous les pieds des malheureuses.

Mieux, un miroir pivotant les projette dans une pièce cachée et le tour est joué. Surtout, prenez garde à ces bonbons que vous proposent les commerçants. Certains seraient empoisonnés. En un rien de temps, vous vous retrouvez dans les vapes. On vous ligote, on vous range dans une caisse et vous vous réveillez dans le harem d'un pays arabe. La « traite des blanches » qu'ils appellent ça ! Dire que ma sœur aînée croit à ce genre d'histoires !

Je laisse tomber mon soutien-gorge. Je contemple mes seins. Ils sont petits, mais ronds et fermes. La lumière plongeante rehausse les ombres et accentue mes formes. Mes tétons se sont dressés sous le frisson que m'a provoqué cette voix d'homme. Derrière le rideau, des clientes attendent leur tour. Je perçois leurs allées et venues, le bruit des anneaux sur la tringle. Je sursaute lorsque l'une d'elles libère une cabine toute proche. J'ai cru qu'une main ouvrait la mienne.

— Tourne-toi. Reprend la voix mâle de l'homme. Toute tremblante, sans réfléchir, je pivote lentement et présente mon dos au miroir.

— Pas mal. As-tu autre chose à me montrer ?

Obéissante, je passe délicatement les pouces sous l'élastique de mon slip, puis le descend lentement sur mes fesses. Je les contemple par-dessus mon épaule. D'un côté puis de l'autre.

— J'aime bien, tranche-t-il.

Je fais glisser ce bout de tissu jusqu'à mes pieds tout en regardant mes fesses qui se tendent vers le miroir. Je me relève. Me voilà complètement nue sous la lumière intense du spot de cette cabine d'essayage, derrière ce voile qui cache mon corps aux yeux de cet homme à qui cette femme veut plaire.

Les clientes entent et sortent. Personne ne sait que je suis là, nue dans cette cabine d'un magasin au cœur du centre-ville. Je joins les bras dans mon dos, les mains sur les coudes, la poitrine offerte. Je ferme les yeux et reste immobile. Chaque crissement des anneaux métalliques me provoque un délicieux frisson qui me parcourt le corps de la tête aux pieds. Je pourrais rester comme cela une heure entière. Personne ne viendra me déranger. J'écoute les voix qui m'environnent, qui me frôlent. Le rideau bouge au passage des clientes. Et si l'une d'elles ouvrait le mien par inattention, me dévoilant au regard de cet homme impatient ?

« Pas mal » s'évertue-t-il à dire sans grande conviction. Devant son manque d'enthousiasme, la femme le questionne encore pour se rassurer sur son choix, sur l'opinion de l'homme, être sûre de paraître à son goût.

Je ne le vois pas. Je n'entends que sa voix grave et tranchante. Ses mots sont fermes et définitifs. Elle se plie à ses désirs. Acquiesce à sa volonté, portera ce qu'il souhaite. Ce qu'elle demande, c'est qu'il choisisse une femme. Celle qu'il désire. Celle qu'elle s'efforce de paraître parmi ses rivales qui se font belles dans ces cabines toutes proches. Elle s'en remettra à sa décision. Elle acceptera le choix qu'il fera parmi toutes les femmes qu'elle lui présente sous des robes différentes, aux milieux d'autres femmes peut-être plus désirables encore.

Je suis parmi elles. Offerte à cette sélection dans le plus simple appareil. Les yeux clos, les mains liées dans le dos, j'attends le verdict de l'homme, seul, au milieu d'une dizaine de femmes qui paradent, se voilent et se dévoilent autour de lui. J'aime ce sentiment d'abandon. Mon sort ne m'appartient plus. Je ne lui opposerai aucune résistance. Advienne ce qu'il voudra.

— Laquelle prendrais-tu, demande la femme implorante ?

— Celle-là, répond-il sèchement. Elle s'incline devant son choix. Les anneaux glissent sur la tringle à rideau, j'entends le bruit de ses talons qui s'éloignent.

Je retire la robe de son cintre, y introduis les bras puis la tête et la laisse glisser sur ma nudité. Je n'en reviens pas. Ce vêtement me métamorphose. Sous ce tissu léger, même ma poitrine semble avoir gagné en volume. Pour la première fois, j'ai l'air d'une vraie femme. Une femme libre et épanouie. Je tourne et retourne sur moi-même. Il est si agréable de se savoir nue sous une robe et de sentir sur sa peau la caresse de l'air frais propulsé par le ventilateur.

C'est décidé, je prends cette robe. Je n'ai plus aucune hésitation. Je peux me l'offrir. Depuis quelque temps je mets de côté l'argent de poche que maman me donne chaque mois. Je ne dépense rien, car j'ai un projet. Celui de partir d'ici. Partir loin de cette maison où j'étouffe. Fuir cette ville où je m'ennuie. Il y a longtemps que j'y songe. J'ai pris cette résolution lors de la dernière altercation qui m'a opposée à mes parents. Je laisserai un mot sur mon bureau que ma sœur se fera une joie de leur lire. Elle leur apprendra que je suis partie loin d'ici, que je leur écrirai, mais qu'il est inutile qu'ils essayent de me retrouver. Je prendrai le train pour Paris. De là, je monterai dans un avion pour un long voyage vers des pays chauds et exotiques, loin de la grisaille de ce pays. Les copines n'en reviendront pas de mon courage. Tout le monde parlera de moi. On m'enviera. Qui aurait pu imaginer ça d'une fille aussi discrète et réservée que moi ?

Il est temps de faire preuve de courage. Je garde cette robe sur moi. Ainsi vêtue, je vais affronter l'épreuve du regard des autres. Je passerai en caisse. Je prendrai place dans cette file de femme au bout de laquelle attend l'homme impatient. Il posera son regard sur moi. Je saurai enfin l'effet que je lui fais.

C'est une autre que moi qui sortira de ce magasin. Cette petite fille gauche et timide restera à jamais dans ces oubliettes. J'abandonne derrière moi ces vieux habits de petite fille sage. Celle qui les portait appartient au passé. Elle a disparu pour toujours derrière le rideau tiré sur le miroir vide d'une cabine d'essayage.

Mai 2012 – juin 2020

Démocratie

Nous nous sommes levées à l'aube. Je me suis fait belle et j'ai revêtu ma plus jolie robe avant de sortir dans la rue au bras de ma mère. Quel bonheur de se mêler à cette foule qui jubile le long du chemin. Nous marchons aux côtés de voisins, d'amis, de compagnons de lutte, qui savent que je suis la fille d'un homme qui est mort les armes à la main pour que ce jour arrive.

Le ciel est d'un bleu magnifique. Il fait doux en ce mois d'octobre. Des jeunes adultes jusqu'aux anciens, tous se dirigent vers le bureau de vote. Certains sont coiffés du bonnet de prière et avancent aux côtés de femmes voilées. Mais nombreux parmi les jeunes sont vêtus à l'occidentale. Les hommes portent la chemise hors du pantalon, les femmes des chemisiers légers et se protègent du soleil derrière des lunettes noires dernier cri.

Sur notre parcours, les murs se sont couverts d'affiches colorées où des symboles d'animaux permettent à ceux qui ne savent pas lire de distinguer les différents candidats.

Quelle fierté pour notre peuple de montrer au monde que nous avons trouvé les ressources pour nous libérer seuls de la tyrannie. Nous n'avons plus peur. Nous ne craignons plus la répression du régime. Nous ne partageons pas davantage les inquiétudes de ces intellectuels qui jugent notre peuple mal préparé pour une transition démocratique.

Ce mot « démocratie » est dans toutes les bouches. Et si beaucoup seraient bien en mal de le définir, voir même incapables de l'écrire, il représente une réalité partagée et palpable qui comble tout un peuple.

Des femmes distribuent des gâteaux préparés durant la nuit. Elles en apportent aux hommes qui offrent leur tournée à la terrasse des cafés.

D'autres nous croisent, le sourire aux lèvres. Elles exhibent leur index taché d'encre bleue, fières d'avoir accompli leur devoir. Cette encre qui naguère faisait parfois défaut sur les pupitres de ceux qui ont eu la chance d'apprendre à lire.

Nous marchons côte à côte pour qu'un jour, une fois surmontée la misère, les préjugés et les absurdes commandements du ciel, chacun ait accès à l'éducation dans ce pays. Des élèves aux doigts tâchés d'encre ne feront pas des soldats aux mains maculées de sang.

En chemin, je pense aux perspectives qui s'ouvrent aux jeunes filles de mon âge. Celles qui comme moi ne se sont pas résignées à épouser un homme du village. Un homme qui partira à l'étranger pour faire vivre ici une famille qui l'attend et qui le rejoindra peut-être, lorsqu'il aura enfin trouvé un emploi stable. Désormais, j'aurais la possibilité d'aller étudier dans une grande ville, dans mon propre pays. J'apprendrai un métier et j'emploierai mon savoir au service de l'émancipation de mon peuple. Il y a tant à faire ici.

Mais tous ces drapeaux, qui flottent aux fenêtres des maisons, me rappellent que nous avons accompli le plus dur. Nous avons payé le prix du sang pour qu'advienne ce jour. Des hommes ont combattu l'arme à la main pour nous libérer. Il est du devoir des femmes de poursuivre la lutte en participant par leur voix à cette élection démocratique.

Ceux qui me reconnaissent au bras de ma mère, songent inévitablement au mari qu'elle a perdu, au père que je supplée auprès de mes frères et sœurs, à celui dont, aux dires de tous, j'ai hérité des traits comme du caractère. Il me semble être l'objet de tous les regards. Je suis fière. Jamais plus, désormais, je ne baisserai les yeux devant quelque autorité que ce soit. Je vais accomplir mon premier fait d'armes.

Nous approchons de l'école où a été improvisé un bureau de vote. De nombreux enfants, libres en ce dimanche, courent en tous sens sur la voie coupée à la circulation pour l'occasion. Ils occupent cet espace de récréation étendu sur la chaussée, revendiquent leur part de conquête dans cette lutte pour la liberté. Maintenant que tout est rentré dans l'ordre, que les civils ont restitué leurs armes, ils jouent à la guerre sous le regard bienveillant des adultes qui se rangent sagement de part et d'autre de la rue, comme pour la première rentrée scolaire d'autant d'illettrés.

Les enfants s'amusent à voir leurs parents jouer ainsi aux écoliers disciplinés. Ils tournent autour de ceux qui hésitent, regardent de droite à gauche, comme s'ils cherchaient la classe qui sera la leur et les camarades qui partageront leurs bancs. Aucun maître n'est là pour les aiguiller dans l'une ou dans l'autre des files.

Finalement, ils se décident et je comprends. Les épouses s'écartent de leurs maris, les fils de leurs mères, les filles de leurs pères.

Ces hommes et ces femmes qui, quelques instants plus tôt, chantaient et trinquaient ensemble à une liberté conquise, se partagent d'un côté et de l'autre de la rue, suivant l'exemple d'un troupeau apeuré et soumis à un commandement venu de nulle part. Rien ne les y invite, aucune autorité, aucune consigne écrite, aucun pictogramme. Mais j'imagine qu'à l'heure de la prière matinale, avant même que ne s'ouvrent les portes de l'école, les intransigeants ont investi les lieux, formant deux files distinctes qui ont implicitement dicté à ceux qui les ont rejoints le commandement à suivre.

Maintenant, nous rejoignent des hommes faibles qui s'assemblent entre eux, des épouses soumises qui suivent leurs semblables, malgré elles, rallongeant une file qui impose aux femmes, avec davantage d'autorité, le même acte de renoncement à leurs espoirs d'émancipation.

La lutte n'est pas terminée. Elle n'a pas pris fin avec la chute du dictateur. Nous ne combattons plus face à une armée sanguinaire, aveuglément soumise à un régime autoritaire qui s'accroche au pouvoir. Notre ennemi ne nous oppose pas une force militaire mais une résistance sournoise et diffuse, infiltrée dans les esprits, les traditions et les préjugés de mes semblables.

Je ne m'attendais pas à livrer mon premier combat au milieu de cette rue. Je n'y suis pas préparée. Je ne suis pas armée pour cette guérilla. Nous sommes désemparées face à cette troupe de conscrits rangée en deux colonnes disciplinées. Je sais que ma mère, ma seule alliée, n'aura pas la force d'aller contre ce flux qui l'entraîne inexorablement à suivre les femmes. Malgré ses convictions, elle ne trouvera pas le courage de défier tous ces regards connus et inconnus, de se démarquer de tous en refusant cet acte de soumission. C'est pour moi qu'elle hésite encore, qu'elle résiste, silencieuse à mes côtés, de peur de décevoir les espoirs qu'elle et mon père ont fait naître en moi. Elle s'accroche à mon bras, comme à une bouée, pour ne pas céder à la puissance du courant.

Je peux endurer les réprobations, répondre aux réprimandes des anciens, argumenter contre leurs raisonnements absurdes, mais je n'ai plus la volonté d'infliger cette épreuve à ma mère. Je ne veux pas la livrer à ceux qui la lapideront du regard, en feront une paria dans son propre village.

Inexorablement, nos pas nous portent vers la colonne de droite. Nous rentrons dans le rang sans échanger un mot, d'un commun accord, d'une commune résignation. Le buste raide, je porte mon regard au loin pour ne pas croiser les yeux de celles qui sortent du bureau de vote.

La procédure est interminable. L'attente n'est qu'un long calvaire. Finalement, mon tour arrive. Je suis parcourue par un frisson au moment de saisir les bulletins mis à disposition sur une table. Je m'efforce de contenir un tremblement qui s'empare de tout mon corps. Je ne laisse rien paraître, jusqu'à l'isoloir où je tire le rideau derrière moi et m'effondre. Je ne peux retenir mes larmes et éclate en sanglots. Mes plaintes me submergent et envahissent l'espace de cette salle d'école où cessent soudainement bruits et murmures de ceux qui se recueillaient en masse au chevet d'une démocratie mort-née.

Les assesseurs murmurent, s'interrogent, cherchent en vain la provenance de ces pleurs de femme. Ils se regardent, déconcertés, lorsqu'à ces pleurs se joignent bientôt d'autres sanglots. Des sanglots que je suis seule à reconnaître pour les avoir entendus si souvent après la mort de mon père. Ces larmes se mêlent aux miennes pour exprimer une même douleur, un même désespoir, une même colère par delà le devoir de réserve auquel nous enjoint ce rideau tiré, ce tissu qui dissimule nos visages.

J'essuie mes yeux, je remets de l'ordre dans mes cheveux. Je dois retrouver mon calme avant de repousser le rideau. Peu importe ces bouts de papiers trempés et invalidés par mes larmes. Elles sont l'expression de ma révolte, de tout mon corps secoué de soubresauts irrépressibles, contre la discrimination subie en ce lieu.

Ma mère me rejoint lorsque je sors de l'école. Nous restons silencieuses, étrangères et indifférentes à l'enthousiasme des femmes qui vont à leur tour accomplir leur devoir électoral. Certaines, plus attentives, s'apercevront peut-être que parmi celles qui brandissaient fièrement leur doigt taché de bleu, nous distinguent entre toutes, nos yeux rougis par les larmes.

Octobre 2011– mai 2020

Un jour de fête

Je n'ai plus rien à faire. Tout est réglé. Je me suis occupée de tout. J'ai fait les choses au mieux, je suis satisfaite. Tout le monde était là, vêtu de couleurs claires, comme je l'avais demandé. On a bu des jus de fruits et mangé les bonbons que tu aimes, sans restrictions, tant pis pour les caries. Moi qui d'ordinaire suis si stricte avec ça : « Deux bonbons, pas plus. Et n'oublie pas de te brosser les dents. » On est trop sévère avec ses enfants. Après tout, l'enfance n'est qu'un bref instant, pourquoi la ponctuer de réprimandes, d'interdictions, de restrictions ? De toute façon, tu n'écoutes rien. On peut te répéter cent fois les mêmes choses, tu recommences toujours.

Tu nous entends peut-être et tu dois bien rigoler, caché dans ta boîte. Quelle surprise nous réserves-tu ? Peut-être t'apprêtes-tu à bondir comme un petit diable pour nous faire peur.

Je me suis adressée à tous ceux qui sont là. Je les ai remerciés d'être venus à cette cérémonie, de sourire à la vie comme au jour de ta naissance, comme à chacun de tes anniversaires. J'ai lu ce que j'avais écrit, doucement, d'une voix calme. Comme lorsque je te lisais des histoires le soir pour t'aider à t'endormir. J'ai raconté l'histoire d'un petit garçon plein de vie, heureux et bondissant qui a fait le bonheur de ses parents.

Je suis contente de moi. Je n'ai pas pleuré, comme je me l'étais promis, pour ne pas gâcher la fête et soulager de leur peine ceux qui m'ont soutenu.

Il est tard. Tout le monde est rentré chez soi. Ce soir, dans mon lit, comme chaque nuit, l'obscurité me replongera dans ce cauchemar. J'en émergerai dans un cri. Puis, s'il fait encore nuit, je me rendormirai. Car le jour m'en délivrera pour une réalité plus insupportable encore. Une réalité inacceptable, que je n'accepte pas, à laquelle je ne veux pas croire, tant que je ne l'aurai pas vu, qu'on ne me l'aura pas apporté, que je n'aurai pas serré une dernière fois ce petit corps froid, inerte et trempé.

Mais c'est long. Ça n'en finit pas. Que font-ils ? Pourquoi ne me le ramènent-ils pas ? Il faut le sortir de cette eau glacée. Je suis encore frigorifiée par ce bain dans la Seine où nous avons été projetés lorsque le bateau a chaviré. J'étais trempée. On m'a séchée. Je tremble encore de la tête aux pieds malgré les habits neufs dont on m'a revêtue et cette couverture jetée sur mes épaules. Je garde les yeux rivés sur ce fleuve sombre et muet qui a englouti ma vie. Mais je ne vois rien, il fait nuit.

J'ai peur, je m'agite, je gesticule dans tous les sens. Je remonte à la surface, je tends les mains dans le vide, mais je ne te trouve pas. Où es-tu ? J'appelle ton nom, je crie parmi les cris, je hurle, je saisis quelque chose, c'est une bouée. Je m'y agrippe. On me hisse dans un bateau.

Tout le monde est là. Nous sommes blottis les uns contre les autres. Tu es tout contre moi. Je passe mon bras autour de toi, je te serre très fort. Tu souris, tu es heureux d'être sur ce bateau qui tangue doucement sur l'eau de la Seine. Les façades des immeubles sont illuminées, Notre Dame se dresse au-dessus de nous, magnifique dans sa robe blanche. On passe sous un pont. Des touristes penchés à la balustrade nous font des signes de la main. Tu leur réponds en agitant les bras, tu te lèves même, mais je te tire par le bras pour que tu restes assis, pour que tu ne tombes pas à l'eau. Tu es tout excité par cette balade en bateau. C'est une sacrée surprise, un cadeau inattendu.

Sur le quai, tu ne tiens pas en place. Tu sautes comme un cabri. Tu l'as rejoint en descendant les marches quatre par quatre, bondissant en l'air entre papa et moi qui te tenions par la main. Tu trépignes dans la rame du métro. Tu nous questionnes inlassablement sur la surprise qui t'attend. Mais nous ne te disons rien, comme nous en avons convenu : nous garderons le secret jusqu'au quai d'embarcation. Tu joues aux devinettes, mais tu ne trouveras jamais. On ne t'emmène pas au restaurant, ni au cinéma. Le parc d'attractions ? Tu n'y penses pas ! Il est fermé à cette heure-ci. Tu ne trouveras jamais, c'est une surprise comme on ne t'en a jamais faite. Elle ne tient pas dans un paquet. On ne pouvait pas la cacher parmi tous les cadeaux que tu as éventrés. Essuie-toi la bouche. Tu as encore du chocolat sur les lèvres. J'espère que tu ne vas pas être malade avec toutes ces parts de gâteau que tu as mangées.

Un jour comme celui-là, je ne peux pas te sermonner. Ce gâteau est pour toi. Tu te jettes dessus comme un mort de faim. D'un souffle, tu éteins tes six bougies. Tout le monde chante autour de toi. Tous les invités que l'on a choisis ense

mble : tes copains, tes copines, leurs parents, la famille. Ils m'ont aidée à décorer la salle, à gonfler les ballons, à accrocher les décorations avant que tu n'arrives, que tu découvres ce que l'on a préparé pour toi. Ils ont gardé le secret comme je l'avais demandé.

Le téléphone ne sonne pas. Tout le monde respecte la consigne : attendre que tu arrives dans la salle louée et décorée pour toi avant de te souhaiter un joyeux anniversaire. Tant pis si tu gamberges tout au long de la matinée, si tu te demandes si on a oublié cet événement ; ta joie sera plus grande encore. Je te couvre de bisous pour te rassurer, te montrer que ce jour est bien le tien, qu'il t'est entièrement consacré.

Tu t'étires doucement. Un large sourire illumine déjà ton visage, tu plisses tes yeux rieurs encore embrumés par le sommeil. Je savoure ma récompense après avoir guetté ton réveil durant de longues minutes. J'aime te regarder dormir, observer tes lèvres, tes paupières closes, ton visage calme et apaisé que je scrute comme pour le graver au plus profond de ma mémoire. Je garde cette image de toi que je superpose à la dernière. Tu dors, insouciant, dans un sommeil peuplé de rêves et des souvenirs heureux d'une vie qui n'aura duré que six années.

Décembre 2008

La caisse à outils

Non, cette scie ne m'appartient pas. Je ne la re-connais pas. D'ailleurs, je ne me sépare jamais de mes outils. Je les range toujours à leur place dans ma caisse à outils. Si on veut faire du travail correct, il est nécessaire de posséder du matériel de qualité et d'en prendre soin. J'en connais un rayon dans ce domaine et je me vante d'en savoir davantage que certains spécialistes. J'ai fait mes preuves et c'est grâce à mes compétences en la matière que j'ai eu la chance de rencontrer cette fille, un samedi, dans le magasin de bricolage du centre commercial.

J'avais prêté l'oreille, malgré moi, à une conversa-tion derrière mon dos. Le vendeur du rayon visserie, fraîchement embauché sur un emploi pour lequel il n'avait visiblement pas reçu la formation nécessaire, se permettait de délivrer des conseils bien peu adaptés au problème d'une cliente. Elle souhaitait fixer elle-même une étagère au mur de son salon. Les chevilles et les vis qu'il lui proposait n'auraient pas résisté longtemps au poids des livres qu'elle comptait y entasser. Avant qu'elle ne se diri-ge vers la caisse, j'ai osé l'approcher pour lui donner quelques recommandations. Son large sourire a récompensé mon audace. Je m'étais montré convaincant. Elle est repartie avec le matériel que je lui avais conseillé.

Si ma passion m'amène à me rendre régulièrement dans ce magasin de bricolage, je savais qu'elle ne pouvait fréquenter cet endroit aussi souvent que moi. Aussi, je n'ai pas pu m'empêcher de voir dans notre seconde rencontre en ce même lieu, deux semaines plus tard, un signe du destin. Elle semblait touchée et surprise par mon attention, par le souvenir précis que je gardais de notre conversation, par le fait que je m'inquiétais de la pertinence des conseils que je lui avais donnés. Je lui ai laissé mon numéro de téléphone.

Par la suite, elle a sollicité plusieurs fois mes compétences en matière de bricolage. Je me suis proposé d'accomplir des petits travaux qu'elle n'était pas en mesure de réaliser elle-même. Elle me remerciait de mon aide en me prêtant des livres. Malgré mon peu de goût pour la lecture, je les acceptais, car ils me donnaient l'occasion de la revoir.

Bientôt, je connaissais pour ainsi dire tous ses bouquins. J'en connaissais les titres tout au moins. Je les lisais sur leur tranche lorsque je m'amusais à les classer par ordre alphabétique une fois le montage d'une nouvelle bibliothèque terminé. Cette manie l'agaçait parfois, elle qui aimait vivre dans le joyeux désordre de son appartement. Mais moi j'aime le travail bien fait et les étagères d'équerre où chaque chose est rangée à sa place.

Je dois admettre que nous n'avions pas grand-chose en commun. Notre rencontre tenait plus au hasard qu'à l'accomplissement de notre destin. Mais nous nous entendions très bien. Lorsque je brico-lais, elle se confiait à moi, me parlait de son enfance, de sa famille, de cet homme aussi… Mais j'évitais autant que possible d'aborder ce sujet. Car cette expérience l'avait chamboulée. Cet homme était parti après avoir mis son cœur à sac. Elle s'efforçait depuis d'y remettre de l'ordre. Mais elle ne s'y pre-nait pas de la bonne façon. La plupart des objets qu'elle avait entassés dans son appartement ren-voyaient à leur vie commune. Ils encombraient les lieux d'autant de souvenirs en désordres.

Je lui conseillais des solutions de rangement pour son intérieur et suggérais de remiser une bonne partie de ces babioles. Mais elle refusait de s'en sé-parer. Elle préférait vivre dans ce bazar, parmi les décombres de cette histoire ancienne.

Lorsque je pénétrais dans son appartement, je me glissais sur la pointe des pieds entre les étagères et les bibliothèques surchargées en prenant garde de ne rien déplacer. J'évitais de m'asseoir sur ce fauteuil qu'elle réservait autrefois à cet homme. Je m'installais à une place qu'elle m'avait assignée, sagement posé parmi les autres objets qui l'entouraient pendant qu'elle ressassait le passé. Devant ses larmoiements, je restais de bois, sagement calé dans un coin. J'avais peur de déranger de ma discrète présence ce lieu encombré par l'envahissante absence d'un autre.

J'étais réduit au rôle d'une simple potiche. Parfois, j'avais l'impression que mon écoute était la seule raison de ma présence auprès d'elle. Aussi, par la suite, j'évitais de l'interroger sur l'utilité de conserver telle bricole ou tel autre attrape-poussière. Car elle me justifiait leur présence par le récit des souvenirs qui leur étaient liés. Je ne voulais plus être le déversoir de ce passé douloureux, celui dans lequel elle répandait ces instants d'un bonheur révolu sans égard pour ce que je pouvais éprouver.

Ainsi, j'ai partagé l'intimité de cette fille au milieu d'objets auxquels étaient attachés les souvenirs d'un autre. Je me gardais de me plaindre de cette promiscuité. Je renonçais à la convaincre de s'en débarrasser. Elle n'y aurait vu que l'expression de mon obsession pour le rangement. Elle n'imaginait pas une seconde qu'à travers ces babioles encombrantes, je puisse disputer la place de cet homme. Elle me considérait comme un bon camarade, serviable, bricoleur, habile de ses mains et allergique au désordre quand, en réalité, je n'aspirais qu'à faire place nette dans son cœur.

Je déplore que notre relation se soit bientôt trouvé emprunte d'une familiarité qui excluait tout jeu de séduction. Elle n'avait pas envers moi les égards et la retenue qu'il convient d'adopter face à un homme. Je faisais partie du décor. Rangé au rang de ses bibelots, elle en oubliait presque ma présence. Parfois, par-delà la porte des toilettes qu'elle négligeait de verrouiller, elle continuait à me parler de lui. Au sortir de son bain, sans se soucier de ma présence, elle traversait le salon en petite tenue pour rejoindre la penderie de sa chambre.

Je suis devenu le spectateur docile devant lequel elle rejouait inlassablement le drame de sa vie. Mais elle était peu convaincante dans ce monologue récité au milieu d'objets auxquels elle prêtait les répliques d'un partenaire absent. Cette astuce de mise en scène ne produisait pas son effet. Je ne pouvais croire à l'histoire de cette passion dévorante. Ces objets accumulés ne parvenaient pas à donner le change. Je connaissais l'envers du décor.

Je me cantonnais à la fonction d'accessoiriste auquel elle confiait de menus ajustements à ce tableau immuable. Je ne suis pas taillé pour le premier rôle. Je ne sais pas faire de belles phrases. Je cherche continuellement mes mots. Je suis un manuel, adroit et appliqué. Voilà mes principales qualités. C'est pourquoi j'ai décidé d'œuvrer en coulisses, patiemment.

Je l'ai vu pour la dernière fois lors de ce dîner chez elle auquel elle m'avait convié. Avant de nous quitter, elle m'avait laissé un double de ses clefs. Ceci, pour que je revienne en son absence réparer une étagère qui avait cédé sous le poids des livres. Voilà pourquoi, je suis retourné dans son appartement avec ma caisse à outils pour accomplir cette tâche qui ne m'a pris que quelques minutes. Comme j'avais du temps, je suis resté sur les lieux et en ai profité pour accomplir certains accommodements qui m'étaient apparu nécessaires lors de cette soirée.

Car, ce soir-là, je me suis fait remarquer dès mon arrivée. Je me souviens qu'elle a éclaté de rire lorsque le porte-manteau de l'entrée a cédé sous le poids de mon blouson. Voilà quelque temps qu'il tenait en position bancale suspendu à une vis incertaine.

J'ai commencé par là. J'ai trouvé dans ma caisse à outils le foret et la cheville adéquates pour fixer correctement le porte-manteau à deux crochets solidement rivés au mur. Désormais, grâce à mon niveau à bulle, deux boules parfaitement alignée peuvent supporter sans risque nos vêtements suspendus côte à côte.

Après ça, armé de mes tenailles, je me suis attaqué aux toilettes. J'ai dû faire preuve d'imagination pour remplacer le vieux système d'attache de la lunette des WC grippé par la rouille. Celle-ci tient enfin en position relevée. Je ne serai plus obligé de m'asseoir comme une fille pour uriner.

Je suis passé dans la cuisine. Là, à l'aide d'une vis et d'un écrou, j'ai réussi à joindre entre elles les deux lames du ciseau de cuisine dont la fixation avait cédé. Avec un tel ustensile, je n'aurais pas subi ses moqueries durant le diner lorsque j'avais éprouvé tant de peine à découper le poulet rôti avec un couteau inadapté.

À l'aide de ma pince, j'en ai profité pour redresser le tire-bouchon. À table, je m'étais ridiculisé en essayant d'ouvrir ce Bourgogne hors de prix que j'avais apporté. Je m'étais démené à l'aide d'un couteau pointu pour extraire les morceaux coincés dans le goulot. Mais les petits bouts de liège qui flottaient dans nos verres de vin en avaient altéré le goût.

Nous avons prolongé la soirée au salon autour d'un jeu de société, assis de part et d'autre de la table basse. J'avais pris place sur un pouf inconfortable pour lui laisser le vieux fauteuil de cet homme où elle aimait s'avachir. Elle s'était abandonnée avec volupté entre ses bras où les ressorts fatigués fléchissaient sous ses formes. Il m'était alors bien difficile de me concentrer sur cette partie. Malgré moi, mon attention s'égarait vers les hauteurs de ses cuisses que me dévoilait son abandon insouciant.

J'ai fait usage de ma scie à bois pour découper une planche aux dimensions de l'assise et je l'ai fixée entre le coussin et les ressorts. On peut désormais s'y accommoder dans une posture décente.

Elle m'avait soupçonné de l'avoir laissé gagner. Je n'ai pas le tempérament d'un gagnant et j'avais accepté sans amertume cette défaite qui m'offrait la chance d'une revanche et le prétexte pour prolonger la soirée en sa compagnie. Cela nous a conduit jusqu'à une heure tardive. Elle m'a alors proposé de rester pour la nuit et de dormir sur son canapé.

Allongé dans le salon, je n'avais pas fermé l'œil jusqu'à l'aube. Un couinement incessant m'avait gardé en éveil tandis qu'elle s'agitait sous l'emprise du rêve qui la tourmentait.

J'ai continué mes travaux dans la chambre. À l'aide me ma visseuse devisseuse électrique j'ai resserré les vis des pieds de sont lits qui, avec le temps, avaient pris du jeu.

Le lendemain, elle s'est extirpée de son lit bien plus tard que moi. Après avoir déambulé, à moitié endormie dans l'appartement en chemise de nuit légère, elle a pris place sans rien dire devant le bol de café que je lui avais préparé. Ses traits étaient marqués par une nuit mouvementée. Ses cheveux en bataille cachaient en partie ses yeux mi-clos marqués par des cernes profonds. Elle restait silencieuse, comme absente, m'accordant avec un naturel déconcertant le privilège de partager l'intimité de ses disgrâces matinale.

Le regard dans le vague, elle avait soudain sursauté lorsque ses yeux s'étaient posé sur la pendule.

Elle avait oublié d'en changer la pile. Elle serait en retard à ce rendez-vous qu'elle disait si important. Dans la précipitation, elle avait pris une douche avant de sillonner l'appartement en tous sens, enveloppée de sa serviette, à la recherche des sous-vêtements qu'elle y avait éparpillés.

J'ai transporté ma caisse à outils dans la salle de bain. À l'aide de mon tournevis cruciforme, je me suis d'abord attaqué au verrou de la porte. Celui-ci tournait dans le vide lorsque, par un réflexe de pudeur qui la faisait rire, j'essayais de m'y enfermer.

Ensuite, il s'en est fallu de peu que je ne laisse un doigt entre les croisillons de l'étendoir télescopique. J'ai eu le plus grand mal à redresser avec ma pince les éléments tordus qui empêchaient son déploiement au-dessus de la baignoire. Désormais, elle n'aurait plus de raison de laisser sécher ses sous-vêtements sur les différents radiateurs de l'appartement.

La poubelle sous le lavabo m'a demandé moins de mal. J'ai remplacé le boulon qui avait cédé par un spécimen plus robuste. Lorsqu'on relâche la pédale, le couvercle se rabat enfin de lui-même pour cacher les déchets des soins intimes qu'elle laissait s'y accumuler.

Enfin, après avoir fait disjoncter le tableau électrique, j'ai dévissé le couvercle de protection et remplacé l'ampoule du miroir par un modèle plus puissant. Ce matin-là, l'éclairage étant trop faible, elle ne pouvait s'y farder. Elle avait transporté sa trousse de maquillage dans sa chambre et entrepris de se refaire une beauté, debout, en petite culotte devant sa psyché. Par la porte entreouverte sur le salon, me tournant le dos, elle s'appliquait à cacher les traces de sa nuit, tout en m'assurant combien ce rendez-vous, dont elle entretenait le mystère, était important pour elle.

Avec ma burette d'huile et une brosse métallique, j'ai dégrippé la serrure de la porte qui sépare ces deux pièces. Il lui était si difficile de l'actionner qu'elle avait pris la mauvaise habitude de ne jamais la fermer.

Ensuite, elle a enfilé sa plus belle robe. Celle qu'elle n'accorde avec ses escarpins rouges à talons hauts qu'en de très rares occasions. Un rouge aussi intense que celui dont elle avait recouvert ses lèvres. Elle était prête à partir pour ce rendez-vous.

C'est à ce moment-là que c'est arrivé. Vous allez comprendre. Tout s'explique. En se dirigeant précipitamment vers le meuble à chaussure du vestibule, elle a jeté d'un coup de pied ses mocassins à travers la pièce et brisé ce vase en mille morceaux. J'ai pensé que sa journée allait en être gâchée. Que j'allais avoir droit à une nouvelle crise de larmes. Mais à ma grande stupéfaction elle ne s'est attardée qu'une seconde devant cette catastrophe. Elle ne m'a pas fait subir le récit des souvenirs intimes qui justifiaient son attachement à cet objet hideux. « Bon débarras » a-t-elle lancé, avant d'enfiler ses escarpins sans prendre la peine de ramasser les morceaux. Puis elle a filé, me laissant un double de ses clefs pour que je revienne le lendemain réparer en son absence cette étagère qui était tombée.

C'est la dernière fois que je l'ai vu.

Le lendemain, j'ai retrouvé les restes du vase dans la poubelle de la cuisine. Comme j'avais accompli les réparations les plus importantes, j'ai pris mon temps pour recoller les morceaux un à un. Il m'a fallu du temps pour dénicher les éléments les plus petits. Cette tâche terminée, j'ai remis le vase à sa place. Bien en vue sur son étagère.

Des débris s'étaient perdus entre les fibres de la moquette. Alors, j'ai passé l'aspirateur pour qu'elle ne se blesse pas lorsqu'elle sort pieds nus de la salle de bain. Du coup, j'ai fait un peu de ménage pour effacer les traces de mes travaux. J'ai lavé le sol chacune des pièces d'eau. J'ai effacé les traces de doigts laissées sur les miroirs et astiqué l'émail de la baignoire. J'ai passé un coup d'éponge sur les tables et épousseté les étagères. Enfin, j'ai refait son lit et en ai profité pour mettre des draps propres.

Puis j'ai nettoyé mes outils, l'un après l'autre. Il est important d'en prendre soin si on veut qu'il fonctionne correctement. Pour qu'ils durent dans le temps et restent efficaces, il est nécessaire de leur accorder un entretien constant. Enfin, je les ai rangés l'un après l'autre à leurs places respectives dans les compartiments de ma caisse à outils. Il n'en manquait aucun. Je vous le répète, cette scie n'est pas à moi. D'ailleurs, elle est inutilisable. Elle est tachée et corrodée. Voilà ce qui arrive lorsqu'on utilise un outil pour accomplir une tâche inappropriée.

2013 - 2020

Agent d'artiste

J'avais repéré un jeune homme prometteur. Il avait une belle voix et accompagnait brillamment ses chansons aux accords d'une guitare sèche. Il reprenait des airs de George Brassens dans une interprétation très originale. Il était différent de tous ces artistes qui se succèdent pour tenter leur chance dans ces lieux underground que mon métier m'amène à fréquenter quotidiennement.

Je ne me suis pas présenté à lui tout de suite. J'ai préféré rester à distance pour l'observer. Je ne voulais pas troubler cette joie naturelle qui émanait de lui lorsqu'il enchaînait ses morceaux. Ceci, malgré un public qui n'était pas toujours réceptif. Qu'il chante devant une foule amassée ou face à un parterre clairsemé, son enthousiasme était toujours le même. Que tous les strapontins soient occupés ou que les fauteuils demeurent au trois-quarts vides il se donnait toujours avec la même générosité à son public.

Celui-ci était des plus varié. Peu nombreux sont les artistes qui peuvent se targuer d'un auditoire qui couvre plusieurs générations. Certes, à l'heure où il se produisait, celui-ci se composait surtout d'adultes ayant passé la quarantaine et étaient, de fait, plus sensibles à son répertoire. Mais, j'ai vu des jeunes gens se trémousser sur le rythme enlevé avec lequel il revisitait les chansons de Brassens. D'un jour à l'autre, à la même heure, je revoyais les mêmes têtes. Un groupe de fans semblait s'être constitué autour de lui.

Les soirs de grande affluence, j'avais parfois du mal à me frayer un chemin pour m'approcher de lui. Mais lorsque la foule n'était pas au rendez-vous, loin de se décourager, c'est lui qui venait au devant de son auditoire. Il se faufilait avec élégance entre les sièges d'un public restreint pour entonner ses chansons.

Notre premier contact fut bref. Je ne voulais pas lui donner de faux espoirs. Si je rêvais pour lui d'une carrière prometteuse au regard de son talent, cela dépendait avant tout de sa capacité à prendre en main sa destinée. Aussi, je ne n'ai pas évoqué avec lui les projets professionnels que j'envisageais pour lui. Je me suis contenté de le féliciter et de l'encourager.

La fois suivante je lui ai proposé de l'aider, mais sans lui révéler mes projets le concernant. J'avais peur qu'il s'enflamme trop vite. Ou au contraire qu'il se tétanise devant les perspectives que j'entrevoyais pour lui. Dans un cas comme dans l'autre, je craignais qu'il ne perde ce naturel et cette spontanéité avec lesquels il savait conquérir son public. Ainsi, à la fin de son tour de chant, je lui ai glissé un billet dans la main. J'ai lu de la gratitude dans son regard en même temps qu'une retenue pudique qui me laissait entrevoir combien l'homme avait du galérer avant d'en arriver là.

A partir de ce jour, pour la première fois, j'ai prêté attention à son accoutrement. Je remarquais que celui-ci ne variait pas d'un jour à l'autre. Il portait invariablement les mêmes vêtements défraîchis et élimés. Je décidais alors de lui tendre un billet généreux à chacune de nos rencontres. En l'aidant à subvenir à ses besoins les plus élémentaires, je souhaitais avant tout lui permettre de se consacrer plus sereinement à son art.

Mes encouragements eurent les effets escomptés. C'est avec toujours plus d'assurance qu'il entamait désormais ses prestations. Son répertoire s'enrichissait régulièrement de nouvelles chansons qu'il entonnait avec la même assurance que s'il les avait rodées depuis plusieurs mois.

Désormais, j'entrevoyais le moment où il serait temps pour lui d'élargir son auditoire. Il ne pouvait plus se contenter de ces habitués qui tous les soirs se bousculaient aux portes pour s'entasser dans un lieu si exigu. J'avais arrêté les modalités d'une tournée qui allait lui permettre de conquérir un nouveau public. Je voyais son nom en grand sur une

affiche au dessus des différentes étapes de sa tournée :
Rennes, Anvers, Rome, Stalingrad, Austerlitz...

Mais, le soir même où je m'apprêtais à lui
exposer le plan de carrière que j'avais imaginé pour
lui, survint cet incident qui allait sceller son destin.
Un samedi soir, des individus éméchés, s'étaient
introduit dans les lieux sans billets. Ils s'en étaient
pris violemment au personnel assermenté qui avait
tenté de les interpeller. Une violente bagarre avait
éclaté, des agents avaient été blessés. Pour protester
contre cette agression dont avaient été victimes
leurs collègues, l'ensemble du personnel avait
décidé de se mettre en grève. Durant plusieurs
jours, les grilles sont restées fermées, barrant l'accès
à ce lieu où mon protégé avait patiemment conquis
son public.

Par les rues alentours où, comme tout un
chacun, j'étais contraint désormais de me déplacer à
pied, je le cherchais en vain. Je ne pouvais ignorer
que la chanson était son seul gagne pain. Il allait
sans aucun doute au-devant de grandes difficultés si
on l'empêchait de se produire devant la foule qui
emplie d'ordinaire ces lieux. Mon inquiétude
grandissait au fil des jours et des reconductions par
vote à main levée d'un mouvement de grève
illimitée.

Ce n'est qu'au bout de deux semaines que les
agents se sont remis au travail. Le soir même, je me

précipitai avec anxiété sur la ligne où je l'avais entendu pour la première fois. Je ne l'y trouvai pas. Je laissai passer plusieurs rames où se produisaient de biens piètres musiciens. Mais aucune note ou couplet familiers n'arrivèrent à mes oreilles.

Au bout de quelques jours, je fus gagné par le découragement. J'avais repris mes allers et retours quotidiens et ne recherchais plus la trace de notre homme. Ne discernant rien d'audible parmi les prestations de ceux qui défilaient de tant à autre dans ma rame, je m'efforçais de m'abstraire de ce lieu en me plongeant dans la lecture.

Un jour, une coupure de courant immobilisa soudainement la rame entre deux stations. Dans ce silence, je perçus le son lointain et familier d'une guitare. Je bondis de mon strapontin, à la stupeur générale des autres passagers. Quelle fantaisie avait bien pu s'emparer du cerveau de cet étrange individu ? Lorsque la lumière revint, mon visage rouge de honte fût livré à la curiosité de chacun. J'eu bien du mal à faire montre de mon équilibre mental, tant je trépignais dans l'attente de la remise en route de la rame. Enfin, après une lente progression, le métro s'immobilisa sur le quai et je pu sauter au dehors.

J'avais voyagé en tête de rame. Sachant que les artistes comme les quémandeurs se déplacent d'un wagon à l'autre depuis l'arrière jusqu'à l'avant, je me précipitai vers la queue du convoi. Je cherchai à travers les vitres la silhouette de mon homme. Mais c'est au son si particulier de son instrument que je le localisai dans un wagon. Je m'y engouffrai in-extrémis avant que les portes ne se referment.

Dans mon élan, je bousculai quelques passagers et me retrouvai nez à nez avec celui que j'avais si longtemps cherché. Il sembla ne pas me reconnaître. J'eus moi-même un instant d'hésitation tant il avait changé. Ses traits étaient défaits. L'enthousiasme qui m'avait tant plu chez lui l'avait complètement abandonné. C'est à grand peine qu'il parvenait à faire sortir un son inaudible d'une bouche d'où exhalait une forte odeur d'alcool. La victoire syndicale des employés de la RATP s'était faite au prix de la déchéance sociale de cet homme.

Sa prestation rencontra le succès qu'elle méritait. Pour qu'il ne ressorte pas bredouille sur le quai, je lui glissai un gros billet dans la main. Un billet identique à celui que je lui donnais quotidiennement pour le soutenir au début de sa carrière. J'espérais peut-être lui remémorer ainsi l'époque où son talent avait éveillé mon attention. Mais il ne m'adressa qu'un timide merci, sans même me regarder, comme si je lui avais donné une simple pièce jaune.

Il n'était plus question de lui proposer un plan de carrière. Il n'était plus que l'ombre de celui dans lequel j'avais mis tous mes espoirs. J'avais rêvé pour lui d'un nouveau départ. J'espérais l'aider à suivre un autre itinéraire. Mais il était condamné à errer sur cette même ligne, à divaguer d'un bout à l'autre dans un perpétuel recommencement.

Je me sentais coupable. Coupable d'avoir laissé grandir en lui de faux espoirs par mes encouragements financiers. Je lui avais laissé croire en son talent. J'avais investi à perte. J'avais échoué en misant sur le mauvais cheval. Sans doute n'étais-je pas fait pour ce métier.

J'ai décidé sur le champ de cesser mon activité d'agent d'artiste. Cette première expérience a suffit pour me convaincre que ce n'est pas une voie pour moi. Il était temps de retrouver le job qui a toujours été le mien. Ce boulot pour lequel je traverse Paris en direction des tours de la Défense en empruntant tous les jours la même ligne de métro. Une tonne de dossiers m'attend. D'ailleurs j'ai du travail. Je me plonge dans l'étude de ce rapport. Je m'extrais du tumulte ambiant. Pour rester concentré, je ne lève même plus la tête lorsqu'un musicien, au terme de sa médiocre prestation, me tend timidement son chapeau.

Février 2009

Assiduité

J'ai trouvé le calme au milieu de la multitude, parmi tous ces étudiants qui se penchent sur leurs livres ou tapotent sur le clavier de leur ordinateur. Ce lieu m'offre la tranquillité que je recherchais pour travailler. Le tapage d'un groupe de clients m'a chassé du bar où j'avais mes habitudes. J'ai abandonné cette table en fond de salle où je me réfugiais les jours où la présence à la maison de ma femme et de mes enfants m'empêchait de me concentrer.

J'aime l'anonymat des bars parisiens où l'on peut ouvrir un livre, écrire sur un cahier ou tapoter sur un ordinateur sans être sollicité par ces inconnus qui vont et viennent autour de vous. Mais dans cette bibliothèque où j'avais fui le tapage de ces clients éméchés, j'étais assuré de bénéficier de la discrétion de mes congénères en vertu des consignes du règlement intérieur affiché à l'entrée.

Le grand avantage de mon travail est que je peux l'accomplir là où je le désire. Je peux parcourir les manuscrits que l'on me confie au bureau ou les corriger chez moi ou en tout autre endroit à ma convenance. Il m'est ainsi arrivé de relire et d'annoter des textes dans les lieux les plus insolites : sur les quais en bord de Seine, sur la pelouse d'un parc public au printemps où dans le train qui m'emportait à un rendez-vous loin de Paris. Mais à l'approche de l'hiver, par la fraîcheur de ces journées d'automne, je préfère la chaleur humaine d'une bibliothèque municipale. En l'occurrence, j'ai choisi la plus grande et la plus fréquentée de toutes, au troisième étage du centre Pompidou. L'immensité des salles, l'alignement des rangées de tables à perte de vue, me garantissent un appréciable anonymat au milieu des étudiants et chercheurs qui affluent en grand nombre aux heures de pointe.

Il est parfois difficile de trouver une chaise libre. Mais au fil des jours, je me suis familiarisé avec les habitudes du lieu. Je sais à quels moments de la journée il est plus aisé de trouver une place où l'on peut se concentrer. J'affectionne particulièrement l'endroit où je me trouve en ce moment. Il se situe sur la troisième place de la quatrième rangée de l'aile Est de la bibliothèque. Face à moi, par la paroi vitrée de la salle, se déploie une magnifique vue sur la ville. Je repose mes yeux de la lecture des tapuscrits et mon esprit de la concentration qu'ils me demandent en projetant mon regard vers l'horizon des toits de Paris. Parfois, lorsque je lève la tête de mes feuillets, comme on respire après une longue immersion en apnée, mon regard croise celui d'une étudiante assise face à moi, plus loin, à une autre table. De-ci de-là, le déplacement de l'une ou de l'autre attire parfois mon attention. Machinalement, mon regard s'attarde sur le déhanchement d'une croupe qui s'éloigne. Ce futile instant de rêverie oublieuse délasse mon esprit durant l'effort de discipline et de rigueur que me demande ce travail alimentaire. Travail qui, je ne l'oublie pas, me permet de nourrir les enfants du chef de famille responsable que je suis.

Ces instants d'égarement sont tout aussi plaisants qu'innocents, tant se renouvellent, d'un jour à l'autre, les croupes qui viennent prendre place dans cette salle. Je découvre toujours avec plaisir un nouveau visage. Et c'est ainsi, en balayant du regard les têtes alignées face à moi derrière les tables voisines que je remarquai la présence d'un étudiant différent des autres. Il était bien plus âgé que ses voisins de table. Mais je n'aurai pas davantage prêté attention à lui si je n'avais été intrigué par son étrange comportement.

En fonction de l'affluence et des places disponibles dans cette grande salle, chacun s'installe là où il peut. Mais le lendemain et les jours suivants, que la bibliothèque soit déserte ou bondée je le retrouvais toujours assis au même endroit devant l'écran de son ordinateur portable.

J'étais tout d'abord impressionné par cette discipline de travail. Je me demandais quels aléas de la vie avaient pu interrompre ou empêcher les études que cet homme mûr s'était résolu à reprendre avec une telle persévérance.

Contrairement à moi, rien ne semblait le distraire de son travail. Il levait rarement les yeux de son écran ou des livres posés devant lui. Il ne se laissait pas distraire par ses voisines de table. Devant la rigueur monacale de cet homme, mes instants de déconcentrations passaient pour de l'agitation. Son attitude me rappelait à mes responsabilités. Et il me plaisait à songer que sa présence immuable devant moi à cette même place avait pour but précisément de me rappeler à plus de rigueur et de discipline.

Mais ce personnage captait mon attention. Son cas était devenu un sujet d'étude. J'essayais d'interpréter sa présence ici. J'imaginais un employé de la bibliothèque infiltré parmi les lecteurs afin de surveiller au plus près leurs comportements. Peut-être notait-il sur son ordinateur les écarts de conduite des uns et des autres. Les incivilités de ces jeunes étudiants, imperméables aux rappels au règlement diffusés régulièrement par la sono : ne pas manger dans la bibliothèque, utiliser les téléphones portables dans l'espace prévu à cet effet…

Personnellement, je ne contrevenais en aucune façon à la discipline exigée en ce lieu dévolu au travail studieux. Pourtant, la présence quotidienne de cette vigie fidèle à son poste d'observation, tel le fonctionnaire zélé d'un régime répressif, après m'avoir intrigué puis amusé, a petit à petit commencé à m'irriter.

J'ai essayé de varier mes jours de présence à la bibliothèque, cherchant aux deux extrémités de la plage horaire d'ouverture les moments où il ne serait pas présent. Mais que ce soit aux premières heures ou à l'approche de la fermeture, je le trouvais invariablement à la même place.

J'aurais pu m'installer à un autre endroit, de façon à lui tourner le dos, ou même changer carrément de salle. Mais je me trouvais plutôt à mon aise à cet endroit de la bibliothèque, face à cette vue dégagée sur Paris. Aussi, j'en pris mon parti et décidais de me plier à cette discipline qu'il m'imposait malgré lui. Ces derniers temps, je n'avais pas beaucoup avancé dans mon travail. J'évitais de penser à cet homme et me consacrais pleinement à ma tâche.

Mais un beau matin, je me présentai avant l'heure de l'ouverture, soucieux de rattraper le retard accumulé. Pour la première fois, j'entrai parmi les tous premiers dans la bibliothèque. Lorsque je débouchai dans la salle de travail, je la trouvai parfaitement vide, propre et rangée après le passage des agents d'entretien. Je m'installai à ma place habituelle, sortis un manuscrit de ma sacoche et me mis à sa lecture.

Je n'avais pas terminé le premier paragraphe que le bruit sec de chaussures à talons se fit entendre depuis le long couloir qui débouche dans cette salle. Cédant à mon péché mignon, je tournai la tête de ce côté-là pour apprécier la silhouette de cette étudiante matinale. Mais, dépassant celle-ci d'un pas rapide et feutré, m'apparut la dégaine nerveuse et empressée de notre homme. Comme pour devancer mon égarement, il apparaissait à point nommé pour tenir son rôle de conscience morale.

Je replongeai dans mon manuscrit, comme un enfant surpris à mal faire. J'étais résolu à ne plus prêter attention à ce personnage, pas plus qu'aux autres individus qui arrivaient petit à petit dans cette salle. Mais je ne parvins pas à me concentrer sur ma tâche. Dans le silence absolu de cette salle immense et déserte, les mouvements empressés de l'homme qui s'installait captaient mon attention.

Je l'observais du coin de l'œil. Ces gestes étaient rapides et vifs. Il sortit son ordinateur de sa sacoche et le déposa à la place immuable qui était la sienne. Puis, au lieu de s'installer et de se mettre au travail, je le vis faire le tour, sa sacoche à la main, de la longue table qu'il occupait seul. Alors, sans faire cas de ma présence, il s'arrêta devant la chaise qui faisait face à la sienne. Il la déplaça un peu en retrait avant de sortir trois livres de son sac et de les déposer devant lui. Il me tournait alors le dos et je pus ainsi observer son manège à loisir.

Dans un rituel qu'il semblait avoir longuement répété, il ouvrit un livre en son milieu, en tourna rapidement quelques pages, comme pour ranimer un ouvrage trop longtemps endormi dans les rayons poussiéreux de la bibliothèque. Il fit de même avec les autres livres avant de les disposer tous les trois en éventail face à lui, ajustant la position de l'un ou de l'autre d'un centimètre ou deux vers la gauche ou vers la droite par des petites touches nerveuses. Lorsque leur arrangement paru lui convenir, il contourna une nouvelle fois la longue table pour venir enfin s'asseoir à sa place de prédilection.

Tout le temps que dura cette scène insolite, jamais il ne m'adressa un regard. Il ne semblait pas s'être aperçu de ma présence dans cette salle, seul spectateur, installé pourtant aux premières loges.

Je venais de découvrir une étrange facette de ce personnage. Non seulement il se présentait chaque jour à l'ouverture pour être assuré de retrouver sa place, mais par une exigence de confort intolérable, il s'inventait un vis-à-vis fantôme pour ne pas être dérangé par la proximité d'un autre individu. Je trouvais ce comportement méprisable. D'autant que j'avais plusieurs fois fait l'expérience de la difficulté que l'on peut rencontrer à certaines heures pour trouver une place libre. Rétrospectivement, je revoyais avec perplexité ces chaises inoccupées devant lesquelles étaient déposés des livres ou des cahiers ouverts. Autant de places laissées inoccupées le temps d'une pause déjeuner ou d'une sortie cigarette sur le parvis de la bibliothèque. Je me demandais maintenant si tous ces livres n'étaient pas les ouvrages de lecteurs virtuels installés là par des étudiants désireux de se ménager plus d'espace pour travailler.

Quoi qu'il en soit, mon étrange lecteur leurrait son monde. Ce jour-là, au plus fort de l'affluence, personne ne vint s'asseoir en face de lui. Quand les autres étaient au coude-à-coude, lui jouissait de la compagnie fidèle et discrète de cette étudiante invisible.

J'avais pensé "étudiante" et non "étudiant". Je lui prêtais naturellement un vis-à-vis féminin, lui accordant inconsciemment les fantasmes qui sont les miens. Mais puisqu'il semblait rechercher la tranquillité par cette basse mise en scène, je ne pouvais lui imaginer d'autre voisinage que celui d'une jeune femme. Il avait pu constater que dans ce lieu, celles-ci sont généralement plus discrètes et studieuses que les garçons. Même si certaines viennent ici pour bavarder, consulter leurs messages ou grignoter des petits gâteaux au chaud.

Celle dont il disposait chaque jour les accessoires à la même place avec la rigueur professionnelle d'un scripte de cinéma, devait avoir le profil de l'étudiante idéale. Discrète, concentrée sur son travail et soucieuse de ne pas déranger ses voisins de table par des bavardages ou l'utilisation intempestive de son téléphone. Si bien qu'avec le temps, dans son esprit, s'était incarnée une partenaire dotée des traits d'un être bien réel. Ceux de la jeune femme dont il rêvait de partager quotidiennement la compagnie.

Il est bien connu qu'à trop idéaliser la partenaire d'une vie, certains célibataires se condamne à ne jamais la rencontrer. Devant l'âge avancé de cet homme, j'imaginais que pour lui les années s'étaient écoulées en une longue et infructueuse attente. Perdant lentement le sens commun, peut-être espérait-il désormais, que celle qui avait abandonné ses livres face à lui le temps d'une pause, allait bientôt revenir.

La répétition quotidienne de son étrange conduite, sa présence obsédante à la même place, son indifférence aux regards des autres, n'étaient-ils pas autant de signes de la folie dans laquelle il avait sombré ? Ainsi, il attendait là la compagne parfaite et rêvée, celle qu'il espérait chaque jour voir prendre place en face de lui en chair et en os, mais qui, paradoxalement, à cause de la présence même des livres qu'il prêtait à cet être imaginaire, ne pourrait jamais s'incarner face à lui.

Je n'avançais pas dans mon travail. D'une simple distraction, le voisinage de cet homme était devenu une obsession. Je ne parvenais pas à me concentrer sur les récits, bien trop souvent insipides, de ces jeunes auteurs en quête d'une maison d'édition. Aucun des textes soumis à mon jugement ne parvenait à me captiver. Aucun des héros réels ou imaginaires dont ces manuscrits racontaient l'histoire (*à raison de vingt-cinq lignes par page en police Garamond, taille douze, espacés d'un double interligne*) ne suscitait mon enthousiasme. Aucun ne me captivait davantage que cet étrange individu.

Ainsi s'est imposé à moi le désir et la nécessité de faire de ce personnage insolite, le protagoniste du roman que j'avais toujours rêvé d'écrire.

Mon dépit de ne pas pouvoir travailler comme je l'entendais dans cette bibliothèque, avait réveillé cette vieille frustration d'écrivain raté que j'avais cru surmontée. J'avais renoncé depuis longtemps à mes ambitions littéraires. Mes différentes tentatives s'étaient soldées par des échecs. Jamais je n'étais parvenu au terme de l'écriture d'un roman. Quelques nouvelles abouties et rassemblées en recueil n'avaient pas convaincu les maisons d'édition auxquelles je les avais envoyées. En acceptant d'être embauché en qualité de lecteur chez l'une d'entre elles, je voulais me convaincre que cette lubie était enfin surmontée et que désormais j'abandonnais mes chimères pour la vie professionnelle raisonnable du père de famille responsable que j'étais devenu entre temps.

Mais ce personnage au comportement étrange, éveillait mon imagination. À partir de ce rituel qu'il avait rejoué une nouvelle fois devant moi ce matin-là, j'entrevoyais la trajectoire romancée d'une vie et d'un destin insolites.

Je me mis à l'ouvrage. Je retrouvai rapidement ce sentiment d'euphorie qui s'empare de l'écrivain lorsque l'inspiration le gagne. J'éprouvai la satisfaction de progresser enfin dans un travail dont la trame se nourrissait du comportement même d'un individu qui auparavant perturbait ma tâche de lecteur.

Je posais les grandes lignes de mon récit. Je donnais un nom à mon héros, lui inventait une enfance, une famille, un milieu social, des amis. Je tapotais frénétiquement sur le clavier de mon ordinateur portable, tout en jetant des coups d'œil de temps à autre à l'incarnation de mon personnage, comme le regard du peintre va du modèle à la toile lorsqu'il en exécute le portrait.

Chaque matin, je revenais à mon poste de travail, face au modèle vivant toujours ponctuel et appliqué à garder la même pose immuable. J'effectuais mon travail alimentaire après l'heure du déjeuner, face à mon indispensable café, servi par François, sur cette table en fond de salle de cette brasserie où j'avais mes habitudes. Ces deux activités avaient enfin trouvé le lieu et le moment propice à leur accomplissement. Aux premières heures de la journée, mon esprit plus vif me disposait à la création. L'après-midi, satisfait d'avoir bien employé ma matinée, je me consacrais scrupuleusement au travail pour lequel je recevais un salaire. J'avais enfin trouvé une discipline de travail féconde.

J'étais heureux d'avoir atteint une certaine sérénité. Je conjuguais en souplesse ces deux activités sans que leurs exigences respectives ne soient source de frustration. J'assumais tout autant mon travail d'écriture et celui de relecture sans que le besoin d'assurer ma subsistance n'entre en conflit avec celui de m'épanouir sur le plan littéraire.

Ainsi, ma vie s'organisait et se régentait. J'aurais voulu que perdure cette situation qui faisait de moi un écrivain inspiré, un employé zélé et un père de famille heureux de consacrer à ses enfants le temps que lui laissaient ses deux activités. Peu m'importait, à la rigueur, que je parvienne où non à boucler mon livre. J'acceptais que cette écriture puisse me prendre plusieurs années dans la mesure où ce travail se conjuguait à une vie épanouie. Et si mon existence devenait routinière, ce rythme de vie était le garant de sa plénitude.

Durant deux semaines, j'ai pris place à quelques mètres de mon modèle sans qu'il ne semble s'étonner de ma présence assidue ni de l'attention soutenue que je lui portais. Nous étions dans deux mondes différents. Moi dans la réalité de mon travail d'écriture, lui dans la fiction de mon personnage de roman.

Tandis que je scrutais ses traits au-dessus de son écran d'ordinateur, j'imaginais son visage d'étudiant et la vie qui avait dû être la sienne. J'inventais les méandres d'une vie sentimentale décousue et d'une carrière professionnelle empêchée qui, se contrariant l'une l'autre, l'avait conduit à échouer pour toujours, tel le héros maudit d'un mythe, sur le siège de cette salle de lecture : seul face à cet ordinateur sur lequel il poursuivait un travail d'étude sans fin ; seul face à ces livres tournés vers celle qui n'était jamais venu prendre place auprès de lui.

Je tenais mon histoire, mon drame, son dénouement. Je remplissais les pages avec une facilité déconcertante, sans à-coups, ni tergiversations. Comme si j'accomplissais là, derrière mon écran d'ordinateur un simple travail de gratte-papier sans intérêt. C'est ainsi que je devais apparaître aux yeux des habitués de cette salle de lecture étonnés par mon ardeur au travail. Qui pouvait se douter que j'étais en train d'écrire un roman ?

Ainsi, chaque matin, je savoure ces quelques minutes que me demande mon accommodement. Sachant que les mots seront au rendez-vous, je m'installe sans précipitation. J'accomplis les quelques préparatifs qui précédent ma mise au travail avec le même détachement serein que s'il s'agissait de la préparation d'un thé.

Délicatement, je sors mon ordinateur de ma sacoche et le pose sur la table. Je l'ouvre et appuie sur le bouton de mise en marche. Le temps que mon vieux PC charge le système, je tire de ma sacoche mon grand cahier rouge à spirales et le place à droite du clavier, ouvert sur la page où je l'ai refermé la veille. À ma gauche, je dispose ma trousse. Cette trousse d'écolier en skaï vert dont je ne me suis jamais séparé depuis le lycée. J'en tire mon stylo à encre Waterman, la seule marque dont la plume n'accroche pas le papier. Je le pose sur mon cahier rouge après avoir vérifié par un gribouillage que la cartouche contient encore de l'encre violette. À côté de mon stylo, je place un crayon à papier. Un crayon HB, que j'ai préalablement appointé au moyen de quatre demi-révolutions, pas une de plus, appliquées autour de sa mine par mon taille-crayon en forme de globe terrestre. Je sais d'expérience qu'au-delà la mine se casse. Enfin, je sors ma gomme. Une gomme blanche, de celles qui ne laissent pas de traces sur les feuilles de papier. Mais avant de la poser à côté de mon globe terrestre, à gauche du clavier, je frotte ses extrémités sur la table afin d'en ôter les parties salies.

Systématiquement, lorsque j'arrive au terme de ces quelques préparatifs, le jingle du système d'exploitation de mon ordinateur m'informe qu'il est enfin opérationnel. Je rentre mon mot de passe puis ouvre mon fichier. Enfin, après avoir relu les derniers paragraphes, je reprends le cours de mon récit.

Ainsi, j'écris jusqu'à l'heure du repas, sans m'accorder la moindre pause si ce n'est le délassement mental d'un coup d'œil furtif en direction d'une paire de fesses aux rondeurs avenantes. On ne se refait pas...

Mais, un beau matin, tout s'est déréglé. Tandis que mon ordinateur chargeait les différents fichiers nécessaires à son bon fonctionnement, je m'arrêtai dans le processus de ma propre mise en route lorsque mes doigts, fouillant dans le fond de ma trousse, m'informèrent de l'absence de mon taille-crayon. Je jetai un œil dans ma sacoche où la trousse avait pu se répandre. Mais je ne trouvai pas mon globe terrestre. Où avais-je bien pu le mettre, moi si méticuleux ? Il me fallait un coupable. Celui-ci était tout trouvé.

Je ne pouvais m'en prendre qu'à moi-même si mon éducation laisse à désirer. Mon fils n'en a toujours fait qu'à sa tête. Je savais que ce taille-crayon en forme de globe lui plaisait. Mais malgré son insistance, j'avais refusé de le lui céder.

Je reconnais qu'il est puéril à mon âge de s'attacher à ce genre d'objets. Mais lorsque j'avais celui de mon fils, mes parents ne disposaient pas de l'aisance matérielle qui est la nôtre aujourd'hui. Nos effets scolaires nous étaient comptés. On ne pouvait se permettre de les remplacer à tout bout de champ. Par ma rigidité, je voulais enseigner à ce garçon le respect de son matériel et de ses jouets qu'il pensait pouvoir changer d'un simple claquement de doigts puisque les rayons des grands magasins en sont remplis.

Mais je ne lui avais pas avoué que l'autre raison de mon refus était l'attachement sentimental qui me liait à ce taille-crayon. À l'école primaire, la meilleure élève de la classe en possédait un du même type. Mes parents m'en ayant acheté un plus commun, ils avaient refusé d'investir dans un deuxième exemplaire, qui plus est, au double de son prix. « Ce n'est pas ce taille-crayon qui fera de toi un meilleur élève et te permettra de réussir dans la vie » m'avait martelé papa. Lorsque, bien des années plus tard, j'étais tombé sur un spécimen semblable dans le rayon d'une papeterie, je l'avais aussitôt acheté. Par esprit de contradiction filiale et un peu par superstition, je m'étais attaché à cet objet. Il avait pris place dans ma trousse et me secondait chaque fois que je me mettais au travail. J'avais réussi à me convaincre qu'il était l'élément nécessaire pour que soit mené à bien tout ce que j'entreprenais. Alors que je m'étais lancé avec fougue et bonheur dans la rédaction d'un roman, il m'apparaissait évident que je devais pour une bonne part mon intarissable inspiration à cet objet.

Après avoir trouvé le coupable idéal et l'avoir jugé par contumace, je remis au soir même l'exécution de la peine que méritait son forfait.

Je posai mon crayon HB mal appointé à côté de mon stylo encre Waterman. Je sortis ma gomme de la trousse, la frottai sur la table avant de la déposer à gauche du clavier. La petite musique de l'ordinateur se fit entendre. Je rentrai mon mot de passe et ouvris mon fichier. Je relus avec satisfaction les derniers paragraphes pondus la veille et, enthousiasmé par ce que j'avais lu, je plaçai mes mains en position sur le clavier. Mais alors, étrangement, mes doigts restèrent figés au dessus des touches, dans l'attente des mots qui ne vinrent pas. Le blanc. Comme je n'en avais jamais connu avant.

Par un mouvement mécanique, je jetai un coup d'œil en direction de mon modèle comme on trempe une plume dans son encrier. Mais rien ne vint. Levant la tête, je dirigeai mon regard vers les toits de Paris pour me délasser l'esprit. En vain. Parcourant les visages des étudiantes assises face à moi, j'adressai une œillade à la plus charmante d'entre elles qui replongea aussitôt son nez dans son livre.

Quelque chose n'allait pas. Le trait vertical du point d'insertion clignotait au rythme des secondes qui défilaient. Plusieurs minutes passèrent sans que je n'aie écrit le moindre mot. J'entrepris alors de relire depuis le début ce que j'avais rédigé. Le déroulé de l'histoire, le rythme des phrases me remettraient sur les rails. Mais une fois rejoint le point posé hier au terme de ma matinée de travail, je restai incapable de poursuivre mon récit.

Je saisis mon crayon et entrepris de griffonner un dessin sur mon cahier ainsi que j'en avais pris l'habitude pour reposer mes doigts du tapotis sur les touches. Mais la mine céda sous la pression de mes phalanges crispées. Machinalement, je cherchai de la main gauche le secours de mon taille-crayon. Celle-ci ne rencontra que la matière froide et molle de la gomme plastique esseulée à sa place habituelle. Se pouvait-il que l'absence de ce taille-crayon m'empêchât tout autant d'écrire que de dessiner ? Au-delà des visages féminins présents dans cette salle et des toits de Paris s'étalant à l'horizon, ce petit globe terrestre accordait une respiration à mon esprit en l'entraînant vers l'imaginaire de pays lointains. Ce soupirail vers l'évasion refermé, j'éprouvai alors une soudaine angoisse. J'étouffais dans cette bibliothèque. Il me fallait sortir au plus vite. Avec des gestes rapides et nerveux, je rangeai mon attirail dans ma sacoche et pris précipitamment le chemin de la sortie, sans que quiconque, étrangement, ne s'étonne de mon comportement.

Bien qu'il ne soit pas encore l'heure du repas, je me dirigeai vers la brasserie où François m'accueillit par une plaisanterie sur mon arrivée anticipée.

Avant que le service ne débute, j'essayai à nouveau de reprendre le cours de mon écriture après avoir reconstitué autour de moi mon environnement de travail. Ce changement de lieu ne me fut pas salutaire. Je m'entêtais en vain, lorsque François m'apporta le plat du jour. Je comptais m'y remettre après le café. Je ne pouvais admettre l'idée que cette journée se soit écoulée sans que mon roman n'ait progressé. Pourtant, en fin d'après-midi, non seulement il en était au même point, mais je lui avais sacrifié le temps qui aurait du être consacré à la relecture de mes manuscrits.

C'est ainsi que le soir je rentrai d'une humeur massacrante à la maison. Je retrouvai, non sans peine, mon taille-crayon préféré sur une étagère de la bibliothèque où mon fils nia obstinément l'y avoir abandonné. Pour sa désobéissance et son effronterie, il fut privé de dessert pour le restant de la semaine.

Le lendemain matin, je repris le chemin de la bibliothèque après avoir vérifié le contenu de ma trousse. Il ne manquait rien. Installé à ma place habituelle, après avoir déposé mon cahier ouvert à ma droite, je sortais mes outils de travail les uns après les autres. Je déposai sur la page vierge mon stylo rempli d'encre violette puis mon crayon parfaitement appointé. De l'autre côté, la gomme nettoyée vint prendre place à côté de mon globe terrestre rempli de copeaux de bois. Le jingle se fit entendre, je saisis la date de naissance de mon fils et lançai mon fichier non sans une certaine appréhension. Allais-je retrouver le fil de mon récit ou sécher lamentablement comme la veille ?

Je relus, toujours avec le même enthousiasme, ce que j'avais écrit deux jours plus tôt. Et, à ma grande satisfaction, arrivé là où je m'étais interrompu, mes doigts prirent le relais. Avec un rythme frénétique, ils tapaient sur les touches des mots qui s'enchaînaient avec une telle vitesse que les fautes de frappe et d'orthographe se multipliaient sans que je ne prenne le temps de les corriger de peur de voir mon élan se briser. Tout était rentré dans l'ordre. La mécanique bien huilée tournait à nouveau à merveille.

Après ma journée de travail, je rentrai satisfait et de bonne humeur. Le soir même, confirmant en cela le manque de rigueur de mon éducation, je levai la sanction infligée la veille à mon fils.

Je passai un agréable week-end que je consacrai à ma famille. Deux jours où je laissai mon travail de côté, l'oubliant même, comme s'il appartenait à une autre vie bien distincte de celle-ci.

Lundi, reposé et dispo, je retournai au motif, concentré sur mon sujet d'étude, enfermé dans ma bulle.

Ce jour-là, j'arrivai de très bonne heure. Je voulais être le premier à m'installer dans la salle de lecture. À ce stade de l'écriture de mon roman, j'abordais la période contemporaine de la vie de mon héros. Je devais évoquer le moment où il sombre dans la démence en s'enfermant dans ce rituel immuable dont j'avais un matin été le spectateur privilégié. Je souhaitais décrire avec précision cette scène où il dispose méthodiquement les effets de sa partenaire imaginaire.

Pour ne rien rater de ce protocole, je m'installai au plus vite. J'appuyai sur le bouton de mise en marche de mon ordinateur et, comme dans une compétition avec lui, disposai rapidement mon matériel autour de la machine. Je posai mon cahier, mon stylo, le crayon taillé, puis, de l'autre côté, ma gomme impeccable près du globe. Si bien que j'étais fin près bien avant que le système n'ait lancé sa petite musique.

À cet instant, j'aperçu notre homme, marchant d'un pas empressé. Le spectacle était sur le point de commencer. J'avais l'intention de noter un à un tous les gestes qu'il allait accomplir. Ceci avec la rapidité et la concision d'un reporter sportif qui commente un match. J'étais prêt, mais pas ma satanée machine. Le processus d'installation traînait en longueur. Je savais que le sien ne connaîtrait pas de couac. Encore quelques secondes et commencerait son numéro.

J'éprouvais une furieuse envie de frapper sur cet ordinateur. Mais le bruit, pensai-je, aurait attiré son attention dans cette salle déserte. Je me devais de faire silence, d'éteindre mon téléphone portable, comme lorsque le rideau se lève au théâtre. Alors, comme un fait exprès, à l'instant où il passa devant moi, le système d'exploitation lança sa petite musique de bienvenue. Cette maudite machine allait tout gâcher, trahir ma présence embusquée dans cette salle, faire fuir la bête curieuse.

Je retenais mon souffle. Mais pas plus que la première fois il ne sembla s'apercevoir de ma présence. Il ne tourna pas même la tête dans ma direction. Concentré sur sa tâche, rien ne semblait pouvoir le perturber. Plus encore que la première fois, il m'apparut habiter un autre espace-temps que le mien. Comme si cette scène à laquelle j'assistais s'était déroulée il y a plusieurs années de cela et que je n'avais sous les yeux que la répétition de son souvenir.

Je notai cette idée sur mon cahier à l'encre violette, le temps que s'ouvre mon fichier. Et, lorsqu'il posa son propre ordinateur sur la table, je me mis à la transcription fidèle et concise de ses moindres mouvements. Je tapais nerveusement sur mon clavier, dans un bruit de tapotis qui en aurait dérangé plus d'un, mais qui ne perturba en rien notre homme qui disposait les livres de sa lectrice imaginaire.

C'est alors que m'apparut cette idée vertigineuse. J'observais le manège d'un fantôme. Le fantôme d'un homme qui fréquentait autrefois cette bibliothèque où s'était joué le drame de sa vie. Ce spectre entretenait l'illusion d'une présence en disposant chaque jour sur la place située face à lui les accessoires d'une femme idéalisée. Une place qui aux yeux de tout un chacun semble libre, alors qu'elle est habitée par la présence d'une chimère.

Je frémis, lorsque par extrapolation, j'entrevis la situation hallucinante dont j'aurais été le jouet : si cet homme était le seul à pouvoir distinguer cette étudiante, se pouvait-il que nul autre que moi ne soit témoin des apparitions quotidiennes de mon fantôme ? Après tout, personne d'autre ne semblait s'intéresser à lui. Les uns et les autres allaient et venaient sans se soucier de la présence obsédante, toujours à la même place, de cet homme. Personne ne semblait intrigué par le mystère de cette place occupée par des livres, mais dont la chaise restait perpétuellement vide, même lorsqu'on travaillait au coude-à-coude.

Jonglant entre mon clavier et mon cahier, je notais d'une part la description des actions de mon fantôme et d'autre part les idées qui fusaient dans mon esprit. Je consignais les moindres détails : le nombre de pages qu'il tournait dans chaque livre, la position exacte dans laquelle il les plaçait, la distance à laquelle il éloignait la chaise du bord de la table.

Tel un scientifique incrédule, j'effectuais le relevé méthodique et objectif d'un phénomène surnaturel dont j'étais le témoin privilégié. Pour que mon témoignage soit crédible, celui-ci devait être rigoureux et rationnel.

Je consacrais le reste de la matinée à donner une forme littéraire aux phrases télégraphiques par lesquelles j'avais retranscrit cette scène. Sur le coup de midi, j'allais manger, satisfait par le travail accompli.

Le lendemain, je me rendis à la bibliothèque à une heure moins matinale. J'entrevoyais la tournure qu'allait prendre mon roman. À partir du récit d'une situation cocasse, mon histoire prendrait un tour fantastique et mystérieux qui captiverait mes lecteurs jusqu'au chapitre final au terme duquel je pensais pouvoir parvenir d'ici une semaine.

Mais lorsque je pénétrais dans la salle de lecture, j'éprouvai une sensation bizarre. Ce lieu si familier me semblait soudain étranger. Je crus un instant m'être trompé d'étage. Mais je reconnus bien vite la configuration de cette salle, la disposition des tables et cette vue unique sur les toits de Paris. Un simple détail avait suffi à brouiller mes repères. Une anomalie dans l'ordonnancement des lieux. C'est lorsque je m'installai à ma place que je m'en aperçus : l'homme n'était pas là.

Sa place était inoccupée. Je regardai autour de moi, scrutai les visages alentour. Je ne le trouvai pas.

Je pensai qu'il devait être en retard, bien que cela ne lui soit jamais arrivé. Alors, après avoir installé mon espace de travail, j'attendis patiemment sa venue pour reprendre la rédaction de son histoire.

Au bout d'une demi-heure, je dus me résoudre à la probabilité qu'un empêchement majeur me priverait ce jour-là de mon modèle. Alors je relus le chapitre écrit la veille. Celui où je décrivais par le détail le rituel de son installation. La description que j'en avais fait était si précise qu'il me sembla la voir se dérouler sous mes yeux. Je n'eus dès lors aucune difficulté à imaginer qu'il avait pris place, comme les autres jours, à sa table habituelle. Et, comme en sa présence, l'inspiration fut au rendez-vous.

Tel un peintre qui a gravé les traits de son modèle dans sa mémoire au fil des séances de pose, je n'éprouvais plus la nécessité d'avoir continuellement mon sujet sous les yeux. Ainsi, en fin de matinée, j'avais malgré tout avancé dans mon roman.

Il ne vint pas non plus le lendemain. Je l'imaginais malade. Victime d'un de ces virus qui se répandent facilement dans ces lieux de grande affluence. J'en avais presque oublié que mon personnage était avant tout un être vivant, de chair et d'os, sujet à des aléas de santé comme tout un chacun. Paradoxalement, il me parut d'autant plus réel, lorsqu'il disparut de ma vue.

Comme il ne se présenta pas à la bibliothèque les jours suivants, je lui inventais tous les tracas possibles et imaginables qui pouvaient expliquer son absence. Comme si je voulais me convaincre qu'un cas de force majeure me privait de sa présence, ne pouvant imaginer qu'il ait décidé de son plein gré de ne plus revenir dans cette salle. Car mon personnage, que j'avais décri prisonnier de sa folie, ne disposait pas de son libre-arbitre.

Mais en l'imaginant malade, fragile, soumis comme tout un chacun aux aléas de la vie, j'essayais de repousser l'idée insensée et obsédante que cet homme n'avait peut-être pas d'existence réelle. Et qu'aussi absurde que cela puisse paraître, j'avais été, tout ce temps, le spectateur incrédule des apparitions d'un fantôme.

Je relisais chaque matin le récit du spectacle de son arrivée dans la salle, comme on examine une photo qui atteste d'un événement dont on a été le témoin. Mais au fil des jours, je me demandais si ce passage serait propre à convaincre de la réalité des faits un lecteur qui ne les aurait pas vus de ses yeux.

C'est ainsi que je consacrai les jours suivants à la réécriture de ce chapitre, enregistrant en fin de matinée une nouvelle version à la place de la précédente ?

Il ne revenait pas. Je ne pouvais croire à l'idée qu'il ne réapparaisse plus jamais. Et plus je retravaillais la scène de son entrée, plus celle-ci semblait improbable.

Pour en retrouver l'authenticité, je veillais chaque fois à m'installer précisément à l'endroit où je me situais lorsque j'avais fixé cet instant par écrit. Depuis cette place, je distinguais, légèrement sur ma droite, la chaise qu'il avait si longtemps occupée. C'est ainsi que je notai (ce qui curieusement ne m'avait pas tout de suite interpellé) que cette chaise était demeurée ces derniers jours continuellement vide. Certes, par ces journées ensoleillées de printemps, la bibliothèque ne connaissait pas l'affluence des mois d'hiver, mais il était curieux que personne ne soit encore venu s'asseoir à cette place. Comme si la présence permanente de l'homme à cet endroit ne s'était inscrite dans l'inconscient collectif et qu'il s'était agi d'un élément intangible de la configuration des lieux.

Ainsi, chaque matin, je retrouvais ma place et lui la sienne, fidèle au souvenir que j'en avais gardé. Le temps de m'installer, d'ouvrir mon cahier rouge, d'y déposer mon stylo encre, mon crayon appointé dans le globe terrestre, puis, à côté de celui-ci, à ma droite, ma gomme immaculée, je relisais son entrée en scène. Alors, comme au premier jour, il refaisait devant moi les mêmes gestes, avec méthode et application, sans jamais s'inquiéter de ma présence, concentré sur la tâche qu'il devait accomplir avant de se mettre au travail. Enfin, une fois que nous étions de nouveau assis à nos places respectives, je reprenais l'écriture de mon histoire. Nous étions seuls, indifférents aux autres comme ceux-ci l'étaient à notre petit manège.

Mais dans ce lieu public très fréquenté, je ne pouvais imaginer jouir continuellement de l'intimité nécessaire qui lie un écrivain au personnage de son roman. Ainsi, un beau matin, un étudiant est venu s'installer à la place réservée. Je n'aurais pas été plus déboussolé si on avait repeint entièrement cette salle en rose et recouvert les tables de nappes à fleurs. Aurais-je pu écrire dans un tel décor ? Avec cet étudiant en lieu et place de mon modèle, il m'était impossible de me concentrer. Mon attention se dispersait vers la fenêtre, les rondeurs d'une jeune fille, celle de mon globe terrestre…

J'écourtai ma matinée de travail, résolu à rattraper le temps perdu le lendemain, à la première heure, en m'installant avant que n'afflue le public.

Chaque matin, dès l'ouverture des portes, je pénétrais le premier dans cette salle. J'ouvrais mon ordinateur, installais mes effets personnels et travaillais ensuite aussi longtemps que la chaise de mon fantôme restait inoccupée. Lorsque quelqu'un s'y installait, je rangeais mon matériel et quittais la bibliothèque.

Au lieu de nuire à mon travail, cette contrainte le stimulait. Ignorant le temps qu'il me serait donné pour écrire, j'employais ce moment avec plus d'efficacité que lorsque je disposais de toute ma matinée. Comme un peintre paysagiste, tributaire des aléas de la météo, jette toutes ses forces pour poursuivre sa toile durant le temps incertain que lui octroie le soleil. Mais avec l'arrivée de l'automne et la rentrée universitaire, les éclaircies se sont faites plus rares et les étudiants plus nombreux.

J'arrivais toujours parmi les premiers, mais les tables se remplissaient rapidement. Immanquablement, une tête venait s'interposer devant le motif de mon inspiration.

J'ai trouvé la solution. Désormais, avant de retrouver ma place, l'air de rien, je parcours d'un pas léger les rangées de tables en suivant un circuit immuable. Sur mon passage, discrètement, je dépose toujours au même endroit le même livre en position ouverte. Il est suffisamment gros pour que je le distingue de là où je travaille. De cette place qui m'offre une vue imprenable sur mon motif, je peux ainsi me concentrer sur cet ouvrage que j'espère terminer avant l'hiver.

Maintenant, je peux travailler sereinement. Je m'attèle quotidiennement à ma tâche. Je suis sur le motif aux premières heures. J'observe le héros de mon histoire qui s'installe ainsi qu'il le fait chaque matin. Il dispose les accessoires qui délimitent l'espace où doit venir prendre place celle qu'il attend sans perdre espoir.

J'aurai terminé au printemps. Il suffit de rester concentré, de ne pas se laisser perturber. Je fais le vide. Je ne prête pas attention à ces deux jeunes filles qui passent plus de temps à papoter qu'à bouquiner. J'ai remarqué qu'elles s'installent toujours dans mon champ de vision, sur une table située à quelques mètres de la mienne. Elles bavardent à voix basse et gloussent en se cachant le visage derrière leur main tout en jetant des coups d'œil dans ma direction. Je les ignore désormais. Aguiché tout d'abord par leurs regards, j'ai vite compris à mon grand dépit que je n'étais pas pour elles un objet de convoitise, mais un simple sujet de plaisanterie.

Je ne les regarde même plus. Je n'ai pas de temps à perdre avec des écervelées qui se divertissent inlassablement de la même plaisanterie, comptant sur leurs doigts jusqu'à quatre lorsque j'appointe ma mine dans mon taille-crayon. Dès que je m'installe à ma place, je sens leurs regards qui se posent sur moi. Elles scrutent mes moindres gestes et étouffent leurs rires lorsque, après l'avoir frotté sur la table, j'y pose enfin ma gomme.

J'ai choisi l'indifférence. Rien ne peut me perturber dans ma concentration. Elles se lasseront avant moi. D'autres prendraient leurs places que mon travail n'en souffrirait pas. Je me moque de devenir un sujet de plaisanterie, un individu dont on parle à mi-voix en rigolant. Je ne prendrai pas la peine de changer de table. Ce bouleversement dans mes habitudes me serait plus préjudiciable que leur présence.

J'arriverai bientôt au terme de mon manuscrit. La vision de cet homme m'a inspiré le personnage imaginaire d'un livre dans lequel je mets tous mes espoirs. De cette apparition, j'ai fait le héros littéraire qui fera de moi un écrivain reconnu. Ce roman ornera bientôt le présentoir réservé aux nouveautés de cette bibliothèque. Quel plaisir ce doit être de tenir en main l'exemplaire d'un ouvrage dont on est l'auteur ! J'imagine l'épaisseur de sa couverture, l'image qui l'illustrera, le texte qui ornera le quatrième de couverture. Quel sentiment d'accomplissement !

Mais pour l'heure, il me faut travailler, peaufiner mon texte, avant de l'envoyer à un éditeur. Je ne me laisserai pas distraire par des étudiantes incultes qui n'ont pas dû lire plus de trois romans dans leur vie.

Il ne me faut pas renoncer, malgré la difficulté de la tâche. Si j'échoue, si mon nom ne vient pas s'inscrire sur la couverture d'un des innombrables livres qui peuplent ces rayonnages, je ne laisserai dans ce lieu que le souvenir fantomatique d'un homme au comportement bizarre, celui d'un être étrange dont se gausseront quelque temps encore des étudiantes désœuvrées à la simple évocation de mes apparitions.

Septembre 2012

TABLE